LE MONDE SANS LES ENFANTS

et autres histoires

Paru dans Le Livre de Poche :

LES ÂMES GRISES
LE BRUIT DES TROUSSEAUX
LE CAFÉ DE L'EXCELSIOR
LA PETITE FILLE DE MONSIEUR LINH

PHILIPPE CLAUDEL

Le Monde sans les enfants

et autres histoires

Dessins de Pierre Koppe

STOCK

Né en Lorraine en 1962, Philippe Claudel, romancier traduit dans une trentaine de langues, est l'auteur d'une vingtaine d'ouvrages souvent primés, dont *Les Âmes grises* (2003), *La Petite Fille de Monsieur Linh* (2005) et *Le Rapport de Brodeck* (2007). Son premier film, *Il y a longtemps que je t'aime*, avec Kristin Scott Thomas et Elsa Zylberstein, est sorti au début de l'année 2008.

ISBN : 978-2-253-12179-4 – 1re publication LGF

Pour ma princesse qui chaque jour m'émerveille
Pour les petits qui vont devenir grands
Et pour les grands qui ont été petits

Le monde sans les enfants

Un beau matin, ou plutôt, un sale matin, oui, oui, un vraiment sale matin, quand les hommes ouvrirent l'œil, ils se rendirent compte qu'il se passait quelque chose de bizarre. Pas de bruits. Pas de rires. Pas de gazouillis. Rien du tout : les enfants avaient disparu ! Quand je dis les enfants, je veux dire tous les enfants, partout dans le monde, dans tous les pays, dans toutes les villes, dans toutes les campagnes. On eut beau chercher, bien fouiller, mobiliser les pompiers, la police, les militaires, on ne trouva pas un seul enfant. La seule chose sur laquelle on mit la main, ce fut un morceau de papier un peu froissé où une très petite écriture malhabile, pleine de fautes d'orthographe, avait noté le message suivant : « *On se fée tout le tems disputer, on ne nous écoutent jamais, on ne peux pas rigolé quand on veux, on doit se coucher trop taux, on ne peut pas mangé de chocollat au lit, il fôt toujours qu'on se brosse les dants : on en a assez des grands : on s'en vat. On vous lesse !* » Et c'était signé : « *Les zenfants.* »

Panique générale ! Parents inconsolables ! Familles en larmes !

Les princes et les chefs de gouvernement promirent qu'ils allaient retrouver les enfants. Mais ceux-ci étaient bien cachés. Ils s'étaient tous rassemblés dans l'oasis de Kerambala, tout à fait au sud de la Madéranie, une contrée inaccessible aux grands. Là, personne ne les embêtait. Il y avait à manger et à boire à profusion. On pouvait très bien ne pas se laver, se coucher à minuit. On n'allait pas à l'école. On se laissait pousser les ongles. On jouait toute la journée. On s'empiffrait de bonbons. On faisait chaque matin des jeux olympiques de saute-mouton. Et surtout, surtout, on ne se faisait jamais disputer ! Jamais !

Sur les chaînes de télévision, le pape implora les enfants. Le dalaï-lama leur récita un poème. Les présidents de toutes les républiques leur promirent des distributions quotidiennes de glace à la fraise et des heures obligatoires de dessins animés dans les écoles. Tous les parents supplièrent leurs petits chéris. Les radios diffusaient sans cesse les sanglots des papas et des mamans, ce qui faisait bien rire les enfants. Mais surtout, surtout, le monde était devenu d'une tristesse épouvantable. Les villes ressemblaient à de grands territoires morts. Les parcs et les jardins publics étaient frappés d'un étrange sommeil. Les maisons restaient silencieuses. Les adultes erraient comme des âmes en peine, ne se regardaient pas, ne se parlaient même plus.

Un soir, les enfants décidèrent que la leçon avait assez duré. Ils regagnèrent leur chambre tous en même temps et le lendemain, sur toute la surface de la planète, les hommes se réveillèrent de nouveau avec les enfants.

Fête générale ! Feux d'artifice ! Flopées de bisous !

Les enfants furent accueillis comme des héros et traités comme des rois. On leur promit tout ce qu'ils voudraient. La Terre enfin tournait de nouveau rond.

ECOL
ECOLE
ECLECOLE
ECOLE

Mais le temps passe pour tout le monde, et aussi pour les enfants. Et les enfants un jour ou l'autre deviennent grands, et deviennent parents en ayant eux aussi des enfants, des enfants qu'ils aiment tant mais que tout de même ils disputent, ils punissent et qui les font râler. Car le problème, voyez-vous, c'est que quand on est grand, on oublie, on oublie presque tout, et on oublie surtout qu'on a été enfant.

Alors un beau matin, ou plutôt un sale matin, oui, oui, un vraiment sale matin, on se réveille, « Mon Dieu ! Que se passe-t-il ? » et on se rend compte que les enfants ont disparu, quand je dis les enfants je veux dire tous les enfants, partout dans le monde, dans tous les pays, dans toutes les campagnes, et on a beau chercher, bien fouiller, mobiliser les pompiers, la police…

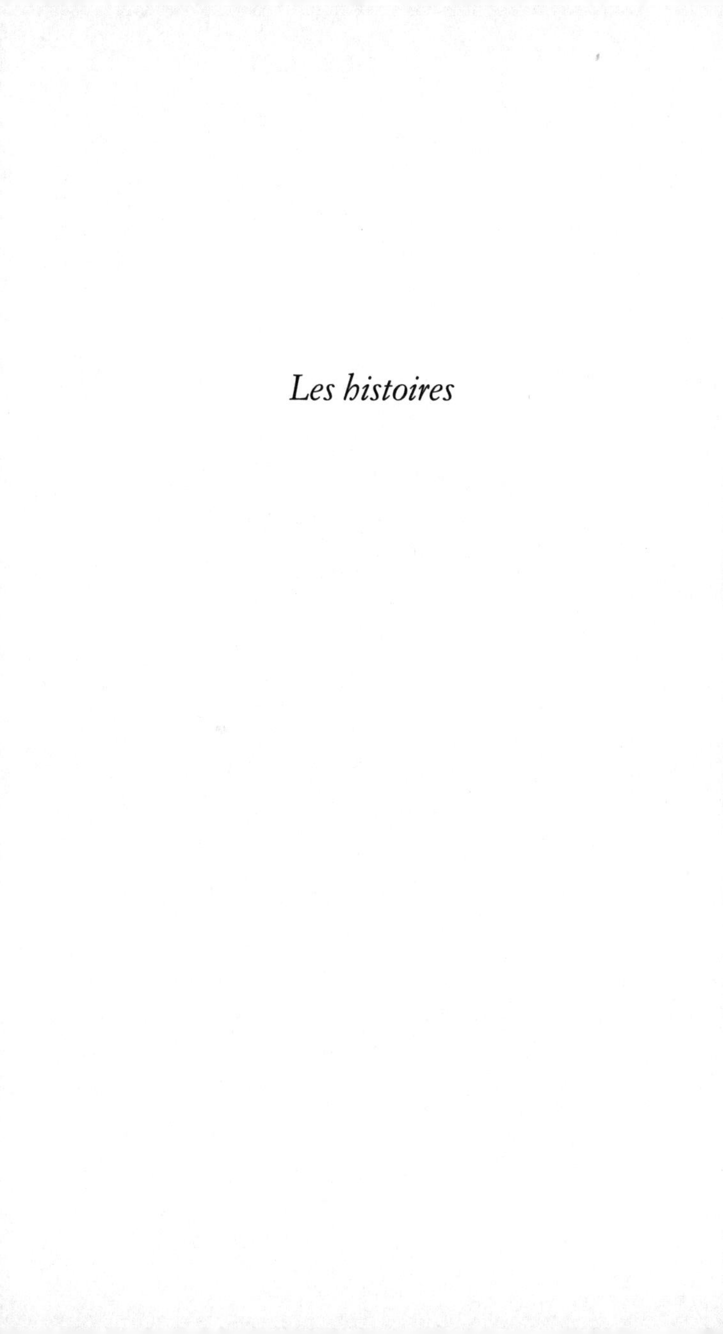

Les histoires

«Puisque vous êtes des amours et que vous avez été sages, je vais vous raconter une histoire !

– Oh oui, Grand-père une histoire !

– Pépé, une histoire, une histoire !

– Voilà, voilà… Laquelle vais-je donc choisir… ? Ah j'y suis : *Il était une fois une petite fille qui se prénommait Capucette et qui…*

– Pas celle-là, tu l'as déjà dite hier !

– Et avant-hier aussi !

– Vous êtes certains ? Je ne m'en souviens pas… Bon… Bon… je change : *Un jour, dans la forêt de Miromaraille, un grand…*

– Non ! Je la déteste, elle me fait peur !

– Moi la dernière fois que tu l'as racontée, j'ai fait des cauchemars toute la nuit !

– Stop ! Stop ! Pas de panique. Une histoire douce alors. Voyons… une histoire toute gentille… Ah oui : *Savez-vous que l'hiver, les pauvres gens qui ne peuvent s'abriter dans une maison s'en tissent une de cartons ? Savez-vous que…* Quoi, qu'est-ce qu'il y a ? Pourquoi vous faites cette tête-là ?

– Elle est trop triste Grand-père.

– Elle nous fait pleurer à chaque fois !

– Vraiment trop triste. Moi je veux une histoire gaie !

– Une vraie histoire quoi !

– Humm… Une histoire rigolote, une histoire qui fasse se fendre la poire, qui fasse se tordre le ventre, une histoire qui nous plie en deux, ou même en quatre ! Écoutez donc attentivement, vous m'en direz des nouvelles : *Dans le pays de Croton-Crota, voilà-t-y pas…*

– C'est dégoûtant !

– C'est vulgaire !

– Quand on l'a répétée à Maman ton histoire elle a dit : "Pépère est vraiment vulgaire avec ses histoires de caca-prout !"

– Tu te tais ou on se bouche les oreilles, Pépé !

– Elle a dit ça votre mère ?

– Oui, elle était en colère même.

– Mais je n'arrêtais pas de la lui raconter quand elle avait votre âge ! Elle l'adorait !

– C'est pour ça, tu as vu ce qu'elle est devenue !

– Nous ce qu'on veut c'est des histoires poétiques et dignes !

– Dignes ?

– Oui, poétiques et dignes !

– Celle de l'asticot Jojo ?

– Nulle !

– Pas très digne…

– Du garçon qui voulait devenir éléphant ?

– Vieillotte !

– Pas poétique !

– De l'étoile amoureuse d'un ver de terre ?

– Pfffft sans intérêt !

– Vraiment sans intérêt.

– Du maharajah et de son cheval à trois têtes ?

– N'importe quoi !

– Tu nous prends pour des pommes, un cheval à trois têtes, pourquoi pas un homme à tête de taureau ?

– Vous voulez l'histoire du Minotaure ?

– Garde ton Minotaure, Pépé !

– Tu regardes trop la télévision…

– Celle du Chaperon rouge ?

– Tu tombes bien bas…

– De la Belle au bois dormant ?

– Affligeant !

– Du Chat botté ?
– Consternant…
– Du pays des hommes sans visages ?
– Toujours les mêmes, tu radotes Pépé, tu radotes…
– L'âge sans doute…
– Des sœurs pain d'épice ?
– Non laisse, Grand-père, ça ne fait rien laisse…
– Oui, laisse tomber Grand-père, repose-toi…
– Tout ira bien…
– On a nos consoles de jeux, ne te tracasse pas.
– Et nos baladeurs. Repose-toi plutôt.
– Mais, je ne suis pas fatigué.
– Va faire une sieste…
– Je n'ai pas envie de dormir !
– Va dans ton fauteuil, détends-toi.
– Mais je n'ai aucune envie de me détendre !!!
– Allez Pépé, sois gentil, laisse-nous tranquilles, ne fais pas d'histoires… »

Le dur métier de fée

Coraline peignait sa poupée préférée dans sa chambre lorsque la fée apparut.

« Bonjour, dit celle-ci d'une voix très douce.

– Bonjour, répondit Coraline avec lassitude, sans même la regarder.

– Je suis la fée !

– Ah… » se contenta d'acquiescer la petite fille qui continuait toujours à s'occuper de sa poupée.

La fée parut un peu décontenancée. Elle toussota, fit quelques pas, de gauche et de droite, rajusta un pan de robe, une robe merveilleuse, couleur de clair de lune, arrangea une mèche de ses cheveux qui tombait sur son magnifique visage ceint d'un diadème d'or pur. Coraline ne l'avait toujours pas regardée.

« Je suis une fée…, chantonna de nouveau la fée.

– Deuxième édition ! murmura Coraline.

– Pardon ?

– Vous l'avez déjà dit, vous vous répétez, je le sais que vous êtes une fée !

– Eh bien oui, je suis une fée, et je suis dans ta chambre, je suis venue te voir.

– Mais moi je ne vous ai rien demandé et je ne suis pas allée vous chercher. »

Les lèvres de la fée tremblèrent un peu. Elle tenait dans sa main droite sa baguette, sans trop savoir qu'en faire. La petite fille ne lui avait toujours pas accordé un seul regard. Elle peignait sa poupée d'un air appliqué.

« Tout de même, finit par hasarder la fée, te rends-tu compte de la chance qui est la tienne ? Combien de fillettes aimeraient être à ta place ? Voir une fée, une vraie fée dans leur chambre ? Ah tout de même, tu consens à me regarder ! »

Coraline, tout en soupirant, venait en effet de tourner son visage vers la belle dame qui de bonheur esquissa alors quelques pas de danse avec une grâce extraordinaire.

« Écoutez madame, dit Coraline, je joue bien tranquillement dans ma chambre, vous entrez sans frapper, comme si vous étiez chez vous, ce n'est pas très poli.

– Mais… je… enfin… ma petite… tu… Je suis une fée tout de même !

– Vous croyez que c'est une excuse ? Vous croyez que c'est en répétant toujours cela que j'accepterai cette intrusion chez moi ? Il y a des lois, madame. Je pourrais appeler la police. Elle viendrait immédiatement et vous seriez arrêtée. De plus, vous importunez une mineure, une très jeune enfant, j'ai six ans madame, et la loi est encore plus sévère avec les personnes qui harcèlent les très jeunes enfants, qui entrent dans leur chambre sans permission, qui leur font les yeux doux, qui essaient de les embobiner avec des histoires abracadabrantes ! »

De grosses gouttes de sueur glissèrent sur le beau front de la fée. Elle s'appuya contre le montant du lit

de Coraline tant elle était troublée. Elle tenta quelques mots :

« C'est le rêve de toutes les petites que de voir une... enfin, je croyais que, oui, toutes les fillettes, les enfants... les enfants adorent les fées... il me semble, je crois...

– Croyez-le si cela vous fait plaisir. Moi, ça ne me dérange pas, mais laissez-moi tranquille s'il vous plaît.

– J'ai des pouvoirs magiques sais-tu ! »

La fée avait parlé un peu plus précipitamment. Coraline soupira bien fort, haussa les épaules, secoua la tête.

« Des pouvoirs ?

– Oui, absolument, des pouvoirs incroyables, grâce à cette baguette ! »

La fée reprit confiance et fit quelques figures en l'air avec sa baguette incrustée de diamants. Coraline posa délicatement sa poupée sur le sol, se tourna vers la fée, croisa les bras et grimaça.

« Voilà une semaine que vous venez tous les soirs dans ma chambre. Voilà une semaine que vous me servez le même numéro, la fée, les pouvoirs, la baguette. Mardi vous avez voulu faire tomber une pluie de roses, il n'y a eu qu'un petit nuage d'une puanteur stupéfiante, l'odeur est restée pendant des heures, j'ai dû me boucher le nez pour m'endormir...

– Une maladresse !

– ... Mercredi vous vouliez transformer mon ours en peluche en prince charmant, résultat : vous l'avez changé en poireau. Que voulez-vous que je fasse d'un poireau ?

– Je me suis trompée dans la formule !

– … Jeudi vous avez fait disparaître mon livre de contes…

– Une erreur, rien qu'une erreur !

– … Vendredi vous avez cassé ma chaise en voulant la changer en carrosse, et je me suis fait disputer par Maman…

– Je suis désolée.

– … Samedi vous vouliez faire parler mon chien, il vous a à moitié dévoré la jambe…

– Je manque d'entraînement, il faut me comprendre.

– … Alors de grâce, madame, vos pouvoirs gardez-les ! Vous allez gentiment quitter ma chambre, sans protester, sans me dire autre chose, sinon je hurle, mon papa viendra et mon papa, il n'a aucun pouvoir, pas même sur ma mère, mais lui au moins, il est très fort ! »

De grosses larmes coulaient sur les joues de la fée. Elle éclata en sanglots. Coraline, qui n'était pas une mauvaise fillette, lui tendit un mouchoir.

« Madame, reprenez-vous, un peu de dignité s'il vous plaît. »

La fée s'essuya, se moucha bruyamment, se gratta la joue avec sa baguette, s'affala sur le lit, et de ses yeux rougis regarda Coraline.

« Je sors d'une longue période de chômage. C'est tellement dur de ne pas travailler pendant des années. Je ne sais plus trop m'y prendre. »

Coraline s'approcha d'elle et lui tapota le dos.

« Ça reviendra, dit-elle, ça reviendra… Il doit bien y avoir des stages de remise à niveau ?

– Tu crois ? demanda la fée avec une pointe d'espoir.

– Mais oui, j'en suis sûre.

– Je suis peut-être trop vieille…

– Mais non, mais non, et puis, vous devriez aussi aller chez un psychothérapeute, c'est utile dans les périodes difficiles. C'est important de se reconstruire, de rebondir, de croire en soi : nous sommes dans une société qui n'aime pas les perdants. Du neuf quoi ! Soyez une tueuse !

– Une tueuse ?

– Oui, façon de parler. Dites-vous que vous allez les exterminer !

– Mais qui ?

– Les autres, les concurrentes, les employeurs… Bon, laissez tomber, oubliez ce que je viens de dire… pour vous, il vaut peut-être mieux consulter un médecin, il y a maintenant des traitements sans effets secondaires qui sont d'une grande efficacité.

– Tu as raison, c'est ce que je devrais faire. Tu es une gentille petite fille. Tes parents ont bien de la chance…

– On a tous des hauts et des bas, dit Coraline en reprenant sa poupée et le peigne.

– Je vais te laisser, alors.

– Vous êtes gentille, merci, et passez par la porte, ne faites pas de bruit, s'il vous plaît.

– Non, non, ne t'inquiète pas. Et je ne viendrai plus t'importuner. C'est promis.

– Oui, pour votre bien, je crois qu'il vaudrait mieux.

– Alors, au revoir Coraline.

– Pas au revoir, *adieu*, adieu madame. Et bonne chance ! »

Pot-au-feu

C'est à peu près vers minuit et demi que l'homme réussit à retrouver Louis qui pourtant s'était bien caché derrière le fauteuil vert de la chambre de ses parents. La poursuite avait duré des heures, dans toute la maison. Louis avait eu beau hurler de toutes ses forces, tout en courant, en sautant, en faisant claquer les portes, personne ne lui répondait, et personne ne s'était inquiété de son sort, ni Papa, ni Maman, ni sa grande sœur Joséphine. Voilà plusieurs nuits que l'homme tentait de l'attraper. Il était immense. Il avait des mains énormes. Sa tête ressemblait un peu à celle d'un bœuf. Il ne parlait jamais. Jusqu'alors, Louis avait toujours réussi à lui échapper, mais cette fois, l'homme avait été plus fort que lui. Il fit basculer le fauteuil vert, il saisit violemment le petit garçon par la nuque et l'entraîna hors de la chambre. Louis eut juste le temps de voir Papa et Maman qui dormaient paisiblement dans leur lit. Il tenta de crier pour les avertir mais aucun son ne sortit de sa bouche. L'homme le tira par les cheveux hors de la pièce, il lui fit dévaler l'escalier en quatrième vitesse et le jeta dans la cuisine. Louis tomba sur le carrelage. Il était terrorisé. L'homme respirait bruyamment, comme un gros animal, et de temps à autre poussait des grognements. Il ouvrit tous

les placards et les tiroirs à la recherche d'un objet qu'il ne trouvait pas. Cela le mit en colère. Il prit une pile d'assiettes et la fracassa par terre, puis il en fit autant avec le four à micro-ondes, le grille-pain, le robot-mixeur et la machine à café. La cuisine ressemblait à un vrai champ de bataille. Louis n'arrêtait pas de pleurer. Enfin, l'homme aperçut au mur ce qu'il cherchait : le grand couteau ! Celui qui a une lame de trente centimètres ! Il poussa un cri de joie, saisit le couteau d'une main et Louis de l'autre. D'un coup net et précis, il trancha le bras droit du petit garçon. Le sang jaillit et éclaboussa l'homme dont le visage disparaissait toujours dans l'ombre. Puis il lui trancha le bras gauche, les orteils, les chevilles, les genoux, les cuisses. Le sang coulait comme une grande rivière. La douleur était atroce. La cuisine était toute rouge. Louis hurlait de plus belle mais son cri s'arrêta brutalement car l'homme lui coupa la langue, puis les lèvres, puis la tête, puis le cou. Et Louis eut juste le temps, avant que l'homme ne lui arrache les yeux, de le voir jeter tous les morceaux de son corps dans une grande casserole d'eau où des oignons, des navets, des pommes de terre, des clous de girofle et des carottes mijotaient déjà. Puis après, plus rien.

Quelques heures plus tard, dans la cuisine, Louis prit son petit déjeuner. Tout le sang avait été nettoyé, les objets cassés avaient été remplacés et l'homme avait disparu. Comme tous les matins, Joséphine somnolait au-dessus de son bol de chocolat. Papa lisait son journal. Maman n'arrêtait pas de répéter qu'ils allaient tous être en retard. Louis avait un peu mal partout. Il n'était pas vraiment dans son assiette, mais il fallait tout de même aller à l'école. Au moment de partir, Maman lui fit un baiser très doux et lui murmura à l'oreille : «Ça ira mieux ce soir, mon petit chéri : pour te redonner des forces, Maman va te préparer ton plat préféré, un bon pot-au-feu ! »

Le garçon qui entrait dans les livres

Tout le monde à l'école embêtait Lucas, parce qu'il était malingre et binoclard. Et à la maison, tout le monde le disputait. Tout le temps. Son père, sa mère, et son frère qui avait quatre ans de plus que lui. Sa mère disait que son grand frère était une merveille et que lui, Lucas, était un monstre, un bon à rien, un laideron, un idiot, un fainéant, un chenapan, une erreur. Son père disait que sa mère avait bien raison de dire cela, et son grand frère riait aux éclats puis lui donnait une grande claque dans le dos. Lucas savait bien que sa maman et son papa ne l'aimaient pas. Il savait cela, mais il ne savait pas pourquoi. Ça arrive que des papas et des mamans n'aiment pas leurs enfants, mais généralement, on ne le dit pas. On ne le dit jamais dans les histoires pour les enfants.

Vous allez peut-être penser que Lucas était très triste. Eh bien, vous vous trompez complètement ! Et si bizarre que cela puisse paraître, Lucas était le plus heureux des petits garçons, car il avait un secret. Un vrai et somptueux secret. Lequel ? Eh... Un secret, ça ne se dit pas ! Bon d'accord, je veux bien vous le dire parce que c'est vous, mais il faut me promettre de ne pas le répéter. Promis ? Je n'ai pas entendu ! Promis ? Bon, c'est bien, je vais donc tout vous dire.

Le secret de Lucas, c'est qu'il parvenait à entrer dans les livres. Oui, oui, absolument, il entrait dans les livres, comme vous vous entrez dans votre chambre, dans la baignoire ou dans la salle de classe. Il avait découvert cela un beau matin, à la récréation. Ce jour-là, comme d'habitude il avait voulu jouer avec les autres, mais une fois encore les autres l'avaient chassé. Alors Lucas s'était assis sur le banc, en dessous du marronnier, tout penaud. Les larmes lui venaient aux yeux. La maîtresse s'en était rendu compte et s'était approchée de lui. « Tiens, avait-elle dit, tu ne seras plus jamais seul. » Et elle lui avait tendu un livre. Lucas l'avait pris, ouvert, avait lu le premier mot, la première phrase et soudain, pfffftttttt, il avait été comme aspiré ! Il était entré dans le livre, d'un coup, comme s'il avait plongé sur un toboggan qui n'en finissait pas.

Oh la la ! il s'en souviendra toute sa vie de cette première fois. Les autres avaient disparu, leurs jeux, leur méchanceté. La cour de l'école aussi avait disparu, le marronnier, le banc sur lequel il était assis, et même la

maîtresse avait disparu ! Lucas était dans le livre, au côté d'un chevalier qui rentrait dans son château après vingt ans d'absence. Le chevalier était magnifique, son armure renvoyait les rayons du soleil, son cheval était caparaçonné de cuir rouge et de tissu damassé. Lucas portait l'écu et la lance du chevalier, il trottinait à sa gauche. Les paysans dans les champs arrêtaient leurs travaux et lançaient des cris de joie en les voyant. Personne n'embêtait Lucas. Personne ne lui faisait de reproche. Nul ne se moquait de lui. Le soir même, lors du festin qui célébrait le retour du chevalier, il s'assit en face de lui et de sa dame, et il goûta à tous les plats, même au héron farci et au cygne en gelée !

Après ce premier livre prêté par la maîtresse, Lucas essaya d'entrer dans d'autres livres. Il avait peur que le miracle ne se reproduise plus. Il se trompait. À chaque fois, ça marchait ! Quel que soit le livre, quel que soit le lieu, il entrait dedans immédiatement ! Il ouvrait la couverture comme on ouvre une porte, et il entrait. Pas plus compliqué que cela. Parfois d'ailleurs, il en ressortait très vite, comme le jour où un Zoboïde à triple laser commença à le prendre en chasse tandis qu'il traversait la stratosphère de la planète Foudrazol, ou le soir où, alors qu'il filait sous les mers dans un curieux engin, une pieuvre de la taille d'un immeuble de dix étages essaya de l'avaler ! Pour s'échapper du livre, Lucas le refermait, tout simplement.

À la maison, l'ambiance était épouvantable : son père, sa mère et son frère criaient de plus en plus fort. Ils en avaient toujours après lui, pour un oui ou pour un non. Mais Lucas n'y faisait plus attention. Il s'asseyait dans un coin de la cuisine ou du salon. Il prenait un livre et il disparaissait dedans. Il n'entendait plus rien. Une jolie jeune fille l'embrassait sur la bouche. Il était un chien d'avalanche. Il devenait roi du Kafiristan et se déplaçait avec une caravane de soixante cha-

meaux. Il grimpait au sommet de Nanga Parbat. Il glissait sur une gondole dans Venise.

Un soir pourtant, tout se passa mal. Il était en train d'approcher d'un grand cerf qui paissait au clair de lune une belle herbe fraîche dans une immense forêt de Pologne. Lucas avançait doucement, très doucement, à quatre pattes, pour ne pas effrayer l'animal lorsqu'une main énorme l'attrapa par l'épaule.

«Je t'apprendrai à ne pas répondre quand on te parle ! »

Son père se tenait devant lui, le visage déformé par la colère.

«J'en ai assez de tes maudits bouquins ! »

Sa mère lui arracha le livre, le déchira en plusieurs morceaux, et le jeta à la poubelle. Son frère riait. Son père et sa mère s'acharnèrent sur lui en proférant des mots terribles, des mots très durs qui cognèrent contre lui à la façon de cailloux pointus. Lucas trembla, ferma les yeux. Il songea au grand cerf qu'il ne verrait peut-être plus jamais. Des larmes coulèrent sur ses joues. Il se recroquevilla du mieux qu'il put pour se protéger.

Le soir même, en tentant de s'endormir, Lucas prit une grande décision. Il avait mal au cœur. Ça ne pouvait plus durer. Il regarda sa chambre. Il songea à son père, à sa mère, à son frère et à leur méchanceté, et il songea aux livres. Il mit son réveil à sonner à cinq heures du matin. Il savait désormais ce qui lui restait à faire.

Le lendemain, quand ce fut l'heure du lever, sa mère appela Lucas. Personne ne répondit. Elle n'entendit aucun bruit. Alors elle se mit à hurler son nom, pour qu'il descende vite sinon… Son père commença lui aussi à hurler, et son frère aussi. Pas de réponse. Ils montèrent tous les trois l'escalier, comme des fous. Ils ouvrirent la porte de la chambre de Lucas et là, ils ne trouvèrent... rien.

Rien du tout.

Personne.

Tout était en ordre, rien ne manquait, sauf Lucas. Ses affaires d'école étaient là. Ses vêtements étaient là, mais lui n'y était plus. Seul un très gros livre traînait sur le sol, un livre avec des milliers et des milliers de pages, un livre qui s'intitulait *Les Plus Belles Histoires du monde*. Sa mère lui donna un grand coup de pied. Le livre alla heurter le mur, on entendit comme un petit cri, ou plutôt comme un petit rire, mais c'était si mince, si lointain que personne ne le remarqua vraiment, ni le père, ni le frère, ni la mère.

Ensuite, ceux-ci eurent beau fouiller toute la maison de la cave au grenier, ils ne retrouvèrent pas Lucas. Pas plus là qu'à l'école, d'ailleurs. On ne le revit jamais. Il avait, pour tout le monde, disparu. Il s'était envolé, volatilisé ! La police enquêta. Elle questionna les parents de Lucas ainsi que son frère. Ils ne surent que répondre. Ils s'emmêlèrent dans leurs mots. Cela parut suspect. On apprit comment ils le traitaient. On les accusa de l'avoir fait disparaître et on les mit en prison.

Moi, on ne m'a pas demandé mon avis, mais je sais très bien où est Lucas... Vous avez deviné je pense ? Non ? Oui, c'est cela, oui, vous brûlez, vous avez trouvé ! Mais s'il vous plaît, chuuuuttt, ne le dites à personne, et croyez-moi, là où est Lucas désormais, il est très très très heureux, il a des millions d'amis, et plus personne ne peut lui faire de mal.

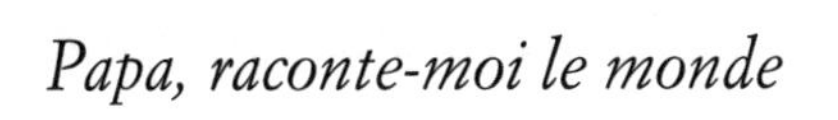
Papa, raconte-moi le monde

Dis Papa c'est quoi le monde ?

Le monde est une ronde de peaux et de parfums
D'écorces et de sourires
De jours et de sommeil

Dis Papa c'est quoi le mal ?

C'est la bêtise des hommes qui parfois vont se perdre
Dans des sentiers de pierre
Et prennent des cailloux pour les lancer en l'air

Dis Papa c'est quoi le ciel ?

Un espace sans ligne ni partage
Une grande rêverie une nuit pleine de jour
Qui n'a ni fin ni soif

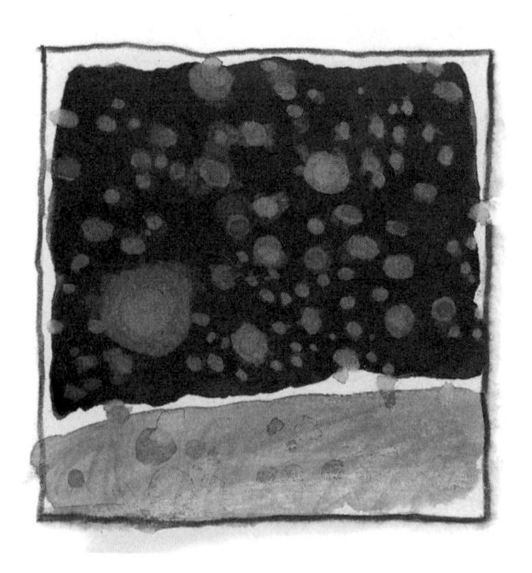

Dis Papa c'est quoi la vie ?

Une belle aventure un jeu de mains sans les vilains
Une chimère qui pousse et resplendit
Un oranger aux racines profondes
Un voyage immobile qui nous charme et nous change

Dis Papa c'est quoi les fleurs ?

De jeunes fées qui ne peuvent marcher
Des pensées bien trop douces sorties des beaux esprits
Les sourires colorés de tous ceux que l'on aime

Dis Papa c'est quoi la mort ?

Une erreur une maison dans laquelle on s'endort
Un songe un grand oubli
Un vieux malentendu
Un chien très fatigué qui oublie sa douleur en se couchant heureux
Près d'un feu un beau soir

Dis Papa c'est quoi les hommes ?

Ce sont des princes des mendiants et des fous
Des artistes et des gueux
Des loups et des agneaux
De très petites choses fragiles et admirables qu'un rien suffit à vaincre
Des montagnes éternelles où naissent les ruisseaux

Le petit voisin

Bonjour !

Mon nom c'est Wahid, et j'ai ton âge.

J'habite pas très loin de chez toi, dans une grande ville qui s'appelle Bagdad. Tu penses peut-être que je me moque de toi quand je te dis que ce n'est pas trop loin de chez toi ? Eh bien, prends une carte du monde, regarde où se trouve Bagdad, tu verras que ce n'est pas très loin. En plus, tu sais bien qu'aujourd'hui, grâce aux avions qui vont très vite, rien n'est vraiment loin de rien. On pourrait presque dire que je suis ton petit voisin.

Bagdad, c'est une très ancienne ville, qui existe depuis des milliers d'années. Son nom signifie « *Celle qui fut donnée par Dieu* ». Je ne sais pas si tu crois en Dieu, mais moi, je n'y crois plus beaucoup parce que, lorsque je regarde ma vie et ma ville, je me dis que Dieu, soit il doit être endormi pour toujours, soit il doit être tellement vieux, tellement sourd et tellement aveugle qu'il ne se rend même plus compte de ce qui se passe chez les hommes qu'il a créés.

Parce que tu sais, chez moi, c'est-à-dire juste à côté de chez toi, oui, là, sur l'autre palier, eh bien c'est la guerre. Oui, oui, la guerre. La guerre comme dans les films, comme à la télévision, sauf que chez moi, à Bagdad, c'est en vrai, ce n'est pas un film. Il y a du bruit, de la fumée et des morts, et pas des morts qui se relèvent après avoir joué aux morts. Non, des vrais morts qui restent morts tout le temps et pour toujours.

Chaque matin, lorsque je vais à l'école, enfin dans ce qui reste de mon école car les murs et le toit sont percés comme une passoire, je dois faire très attention, c'est ce que me dit ma mère. Je pense que la tienne te dit la même chose, c'est normal, les mères, elles sont toujours inquiètes pour leurs enfants.

Je suppose que, quand tu traverses la route, tu dois faire attention aux voitures qui passent. Moi, c'est comme toi, mais je dois aussi faire attention aux voitures qui ne roulent pas. Celles qui sont arrêtées, immobiles, avec personne dedans, parce que de celles-là, il y en a tous les jours qui explosent, sans prévenir. Le problème, c'est qu'on ne sait pas distinguer celles qui vont exploser de celles qui sont inoffensives, qui sont de vraies voitures quoi !

Quand une voiture explose, c'est que des gens ont mis des bombes dedans, exprès pour tuer d'autres gens, et ça marche parce qu'à chaque explosion, il y a au moins vingt ou trente morts et du sang partout, et des hommes, des femmes et des enfants, blessés, qui hurlent et qui pleurent. Chaque jour, dans ma ville, deux ou trois voitures explosent. Si tu sais déjà faire les multiplications comme moi, tu feras le compte, ça fait beaucoup de morts en un mois.

Sur le chemin de l'école, il faut faire attention aux gens qui ont des fusils, car ils peuvent tirer avec, te tirer dessus, et puis là aussi tu es mort. Le problème,

c'est qu'il y en a plein des gens avec des fusils : il y a les militaires de mon pays, et puis des militaires d'autres pays qui sont venus dans mon pays pour faire la paix en faisant la guerre. Oui, je sais, ça paraît bizarre expliqué comme ça, mais moi je te répète ce qu'ils nous disent. Je n'ai pas compris plus que toi. Et puis il y a des gens qui ne sont pas militaires mais qui ont des fusils quand même, pour se défendre, mais je ne sais pas contre qui.

Quand tu vois les militaires ou les autres, il faut faire attention à ne pas courir, car si tu cours, ils croient parfois que tu es un ennemi et ils te tirent dessus. C'est comme ça que mon copain Kamel, il a perdu sa jambe : il était en retard à l'école, il a couru, couru pour que le maître ne le gronde pas trop, des soldats l'ont vu courir et ont cru qu'il s'enfuyait après avoir fait quelque chose de mal, alors ils ont tiré. Kamel a été blessé à la jambe. La gauche. Il a fallu la lui couper.

Moi je l'aime bien Kamel, on rigole bien, on est amis pour la vie. C'est embêtant sa jambe, parce qu'on ne peut plus jouer au foot et on ne pourra plus être champions du monde comme on se l'était promis. Mais bon, c'est pas si grave que ça, maintenant, Kamel et moi, on joue aux cartes. Plus tard, on sera champions du

monde de cartes, personne ne pourra nous en empêcher, aucun soldat, aucune voiture ! Même si on perd toutes nos jambes !

Tu sais, malgré tout ce qui s'y passe, je l'aime ma ville. J'y suis né, et puis j'y ai plein de souvenirs. Avant tout ça, quand j'étais très petit, ma mère m'emmenait le soir promener le long de la grande rivière. Plein de gens se retrouvaient là : on pouvait manger des gâteaux, écouter les histoires racontées par les vieillards, entendre des chansons, voir des acrobates et des serpents qui dansaient au son des flûtes. La rivière s'appelle le Tigre. Oui, oui, je ne te mens pas, le Tigre. Tu connais un plus joli nom de rivière, toi ? Moi pas. Le Tigre, il ne feule pas mais il peut être féroce, plein d'eaux violentes, et très petit aussi, plaintif comme un enfant, ça dépend des saisons. En ce moment, il est toujours très gros. Ma mère elle dit que c'est les larmes de tout mon peuple qui le remplissent et qui le font déborder.

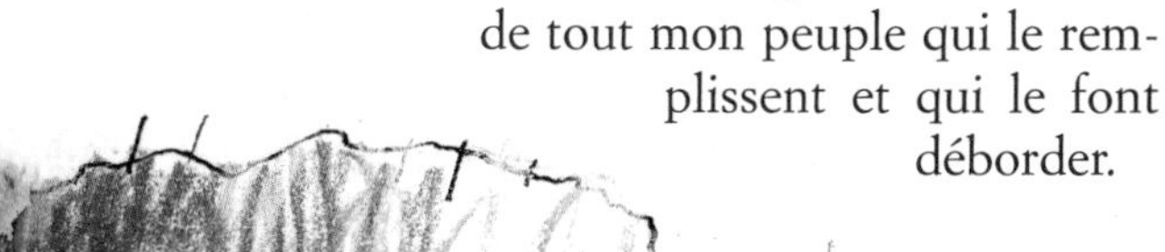

Je vais te laisser parce que mes sœurs dans la chambre n'arrêtent pas de se chamailler. Elles font beaucoup de bruit. Je les aime bien, mais c'est fatigant d'habiter à six dans la même pièce : il y a ma mère, mes sœurs et grand-mère Rhadija, qui n'a plus toute sa tête et qui sourit tout le temps. Et puis moi bien sûr. La nuit, on se serre tous les uns contre les autres. C'est agréable. On a chaud, et on a moins peur comme ça.

Quand le sommeil me prend, je pense à mon père. J'essaie de retrouver son visage. Je ne m'en souviens plus très bien car il est parti quand j'étais tout petit, au début d'une autre guerre. Ma mère me dit qu'il reviendra un jour, mais qu'il dort au loin, dans le sable du désert, très loin, et qu'il attend qu'on pense tous très fort à lui pour se réveiller et pour revenir vers nous.

C'est peut-être un conte que me dit ma mère, mais tu sais, ma ville, c'est la ville des contes, la ville des Mille et Une Nuits, la ville de Shéhérazade et du calife Haroun al-Rachid ! Oui, oui, celle-là, celle-là même et pas une autre. Jadis, lorsqu'on l'a bâtie il y a des milliers d'années, on lui a donné le plus beau surnom qui soit : *Madinat al-Salam*, ce qui veut dire *La cité de la paix*. C'est dommage que personne ne s'en souvienne plus aujourd'hui, tu ne crois pas ? Mais tu pourras peut-être le dire toi, à tout le monde autour de toi, aux petits comme nous et surtout aux grands, hein, tu le leur diras toi mon petit voisin ?

S'il te plaît, s'il te plaît…

Je t'embrasse bien fort.

Pense à moi comme je pense à toi, car c'est en pensant aux autres qu'on les fait exister, et ça, les guerres n'y peuvent rien changer.

WAHID

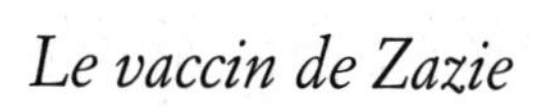

Le vaccin de Zazie

Depuis qu'elle était toute petite et qu'elle était en âge de zézayer, Zazie n'avait qu'une envie, inventer un vaccin. C'était d'ailleurs le premier mot qu'elle avait su dire, Zazie, le mot «vaccin», qui n'est pourtant pas le plus facile, qui est même pour certains très difficile à prononcer, eh bien Zazie l'avait dit en premier, avant même de dire Papa ou Maman. Ses parents s'étaient un peu inquiétés, et puis finalement avaient trouvé cela charmant, cette petite fille qui souriait tout le temps, qui faisait à quatre pattes le tour de toutes les pièces et qui ne cessait de répéter «vaccin ! vaccin ! vaccin ! ».

Plus tard, lorsque Zazie eut trois ans, elle convoqua un beau soir son papa et sa maman dans sa chambre pour leur annoncer la grande nouvelle. Inventer un vaccin, d'accord, mais encore fallait-il savoir à quoi il servirait, contre quelle maladie il pourrait protéger les gens.

La grande idée de Zazie, que ses parents écoutèrent tout ouïe, c'était d'inventer un vaccin pour rendre les gens gentils. C'était ça le vaccin de Zazie. Sa maman applaudit, son papa aussi, mais tous deux lui expliquèrent bien vite qu'un pareil vaccin, malheureusement, ce ne pouvait être qu'un rêve, qu'aucun savant, qu'aucun grand scientifique, jamais, ne pourrait l'inventer. «Mais Zazie, si!» leur répondit Zazie.

Et elle commença dès le lendemain ses calculs, ses recherches et ses expériences à base de flocons d'avoine, de crème à tartiner, de poils de chat, de sirop de fraise, de chocolat chaud, de bulles de savon, de fromage fondu et de tout ce qui lui tombait sous la main dans la maison.

Lorsqu'on lui demandait ce qu'elle faisait, elle répondait : «Je fabrique mon vaccin, le vaccin pour rendre les gens gentils!» Au tout début, cela amusait tout le monde. Ses parents étaient même fiers d'avoir une petite fille aussi intelligente qui dès son plus jeune âge s'intéressait à des sujets sérieux. Mais ensuite, au fur et à mesure que les années passèrent, les uns et les autres commencèrent à se lasser, et à trouver vraiment idiote l'idée fixe de Zazie. Ses parents mêmes s'inquiétèrent et l'emmenèrent chez un médecin. Mais celui-ci ne fit rien. Rien du tout. Et Zazie repartit, avec son envie de vaccin, de vaccin pour rendre les gens gentils.

À sept ans, Zazie demanda un rendez-vous au président de la République pour lui exposer ses recherches et recevoir son aide. Le président l'écouta puis lui dit : «Chère Zazie, vous avez une énergie formidable. Notre pays a besoin de forces neuves, d'un nouvel élan, de jeunes talents comme le vôtre, mais de grâce, à quoi servirait votre vaccin? Si tous les gens étaient gentils, il n'y aurait plus de problèmes, tout le monde serait heureux et saurait comment le rester. Le monde irait très bien et le pays aussi, et dans ce cas-là je ne servirais plus à rien. Qu'est-ce que je deviendrais,

ma chère Zazie ? Un président de la République au chômage, ça n'existe pas !

– Vous êtes un vrai méchant ! » lui répondit Zazie.

Et elle partit en claquant la porte.

Zazie finit par ne plus sortir de chez elle. Elle passait tout son temps à chercher la formule du vaccin. Elle lisait beaucoup de livres. Elle alignait sur son tableau noir des tas de calculs très compliqués. Elle se livrait à d'incroyables expériences dans sa chambre qu'elle avait transformée en laboratoire. Elle n'allait même pas à l'école. Beaucoup se disaient : « Ça y est, Zazie devient folle ! »

À huit ans, Zazie faillit réussir, mais se trompa dans le dosage de moutarde et dans celui du cirage noir.

À neuf ans, Zazie passa à quelques centimètres de l'exploit mais le chat Robert renversa le flacon qui se brisa sur le carrelage.

À dix ans, Zazie crut avoir trouvé. Elle fit avaler à Jojo, le plus affreux garnement du quartier, deux cuillères de son vaccin. Mais Jojo s'endormit brutalement et ronfla pendant quinze jours et lorsqu'il se réveilla, il se mit à courir dans toute la ville en déclamant des poèmes d'amour. Les dosages de Zazie devaient être encore un peu trop forts.

Enfin, à onze ans, Zazie mit au point la formule définitive de son vaccin, le fameux vaccin que l'on appelle depuis lors le *Zazievac*. Il fut testé sur trois cents cobayes pris parmi les êtres les plus méchants qui soient. Tous devinrent des agneaux du jour au lendemain. On fabriqua le *Zazievac* à grande échelle. Il fut distribué gratuitement partout dans le monde. Les guerres cessèrent immédiatement. Les riches aidèrent les pauvres. Les ennemis se réconcilièrent. Il n'y eut plus de misère, plus de famine, plus de drames, plus de conflits. Zazie obtint le prix Nobel de chimie, le prix Nobel de médecine, et le prix Nobel de la paix. On lui éleva une statue dans chaque grande ville. Le jour de la Sainte-Zazie fut déclaré Fête mondiale de l'Humanité.

Zazie était bien contente, mais pas fière. Aux journalistes qui lui demandèrent ses projets, elle déclara qu'il était grand temps pour elle d'aller à l'école, parce que c'était bien beau d'avoir consacré dix ans de sa vie à trouver un vaccin, mais en attendant, ça lui faisait un sacré retard à rattraper.

Mauvaise nouvelle,
bonne nouvelle

Juju ne s'aimait pas du tout. Mais alors pas du tout. Pas du tout du tout ! Selon les moments, il se trouvait trop gros ou trop maigre. Trop grand ou trop petit. Trop blond ou trop noir. Il se disait qu'il avait le nez trop fin ou trop épaté, les yeux trop clairs ou trop foncés, les dents trop en avant ou trop en arrière, les genoux trop en dedans ou trop en dehors.

Quand il se lavait le visage face au miroir de la salle de bains, il fermait les yeux, pareil quand il se déshabillait. Lorsqu'il passait devant la vitrine d'un magasin, il détournait la tête, et quand il y avait une flaque d'eau sur son chemin, il sautait dedans à pieds joints afin de briser son reflet.

« Je ne m'aime pas, je suis trop moche ! » n'arrêtait-il pas de répéter à sa mère, à son père, à toutes ses copines et à tous ses copains.

Alors sa mère, son père et ses copines et ses copains n'arrêtaient pas de lui répondre : « Mais tu es bête Juju, pourquoi tu te mets des idées comme ça en tête ! Regarde-toi ! Tu es un très joli petit garçon ! »

Mais Juju haussait les épaules, leur tournait le dos, s'en allait les mains dans les poches en ne croyant pas un mot de ce qu'ils lui disaient.

Tout cela durait depuis pas mal de temps déjà,

quand un jour une nouvelle élève arriva à l'école dans la classe de Juju. Comme chaque fois qu'un nouveau ou une nouvelle arrivait, lors de la première récréation tout le monde l'entourait et lui posait des questions, essayait d'être copine ou copain avec. Chacun avait déjà posé des questions à la nouvelle, et la nouvelle y avait répondu. La nouvelle avait posé des questions à tout le monde, et tout le monde y avait répondu. Sauf Juju. Lui, il n'avait pas posé de questions. Il gardait la tête baissée, comme à son habitude. La nouvelle finit par lui demander : «Et toi, tu n'as rien dit, comment tu t'appelles?

– Juju, dit Juju.

– Pourquoi tu gardes la tête baissée?

– Parce que je suis trop moche. Parce que je m'aime pas.»

La nouvelle regarda Juju assez longuement, le détailla, et finit par lui dire, avec un petit sourire malin, en secouant la tête : «C'est vrai mon pauvre, tu es vraiment très moche! Tu as bien raison de ne pas t'aimer!»

Tout le monde était estomaqué. La bouche grande ouverte, les yeux écarquillés, les copines et les copains de Juju regardèrent s'éloigner la nouvelle.

Quant à Juju, il n'avait pas bougé. Il n'avait pas levé la tête, mais ces paroles lui avaient fait l'effet d'un coup de marteau sur le sommet du crâne. Et à l'intérieur, ça faisait dingueling dingueling!

Quelques heures plus tard, sitôt rentré à la maison, Juju fonça dans sa chambre, ôta la couverture dont il se servait pour masquer le grand miroir de l'armoire et s'observa attentivement, les yeux dans les yeux.

« La vache, pensa Juju, mais pour qui elle se prend à me parler comme ça ! Elle s'est regardée elle ? Non mais ! Elle s'est pas vue ou quoi ! Elle se croit peut-être belle, avec son nez de traviole et ses cheveux filasse ! Et puis ses bras, ses bras tellement longs qu'on dirait qu'ils vont traîner par terre ! Et sa bouche, on dirait une fraise écrasée ! Et en plus elle a des yeux de veau ! Quel toupet, je suis peut-être pas très beau mais enfin, de là à me dire que je suis vraiment très moche, faut pas exagérer quand même, je suis quand même pas si moche que ça ! Mon nez, tiens mon nez, il est pas mal en définitive, assez fin, pas trop long, et mes yeux, ils ont une belle couleur, une couleur très originale en fait, j'ai une taille… une taille tout à fait correcte… Je ne suis pas obèse, je suis bien, juste bien, le bon poids, la bonne taille… mes cheveux, ah ils sont jolis mes cheveux, très jolis, et mes dents, attends que je voie mes dents… Ben dis donc, il n'y en a pas beaucoup qui ont des belles dents blanches comme ça ! Et quand je souris… Ah ben alors là quand je souris, quel sourire, on dirait un mannequin ou un acteur de cinéma ! Je suis… Ah oui… Faut reconnaître que je suis… pas mal, je suis pas mal du tout ! Enfin, disons-le, je suis même un beau garçon, un très beau garçon ! Quand je pense à la nouvelle, quel culot de me dire que je suis moche ! Elle m'a pas vu ou quoi ? Elle a besoin de lunettes ! Méchante ! On n'a vraiment pas de chance dans la classe ! Comme si on ne pouvait pas avoir une bonne nouvelle à la place d'une mauvaise ! »

Et à dater de ce jour, Juju commença à se trouver pas mal et à bien s'aimer. Il fit quelque temps la tête à la nouvelle, la regardant juste à la dérobée quand il était sûr qu'elle ne le voyait pas. Elle, elle avait toujours un petit sourire en coin sur ses lèvres qui ressemblaient à des fraises écrasées, et une drôle de lueur dans ses yeux de veau. Enfin, pas vraiment des yeux de veau, plutôt des yeux de… lapin, ou même des yeux de biche, de jolis yeux de biche, pensa Juju au fur et à mesure que le printemps avançait et que la saison des fraises approchait. Ah… les fraises !

« Quand on y réfléchit, c'est beau les fraises, et puis c'est bon. Et puis, on n'est pas obligé de les écraser. On peut juste les effleurer, les respirer, déposer un baiser dessus. Un tout petit baiser. Tout doux. Tout doux… » se disait Juju.

Dégougouillez-moi bien !

« Glupe, puisque vous chalamosse, Monsieur le Commumuche, je vais tout vous poupouter !

C'est apapatté juste en godouille de ma nicuche. Deux romomos sont aspajés, un zazillon et un autre plus scoutoutour. C'est le zazillon qui a socopouté. Il s'est rispaté sur le scoutoutour, et il l'a tatatouillé. Ça ne lui a pas choglouffe plus de trois mirobiles. Moi, je ne m'en suis pas strapoté tout de suite car j'étais en train de gnognoter le ramanossol avant gauche de ma varileuse, et vous hulissez ce que c'est, dans ces ontites-là, on n'en gargare pas large ! On a les luluches pleines de gratouillons, on s'éternasse, on se guiguite ! Bref, quand j'ai refouchonné ma têtouille, ils étaient déjà tous les deux borutés à se litotosser les oustaillons, et ils n'y fochaient pas avec le flusse de la barquière. Ça voutassait un de ces ramatusselles ! Moi, j'ai vraiment eu jamoche qu'ils se dondonnent jusqu'à la limaillette de la babaffe, mais non, pas du tout ! Dégougouillez-moi bien, Monsieur le Commumuche, dégougouillez-moi bien : ils se sont soudain ragapopis, aussi vite qu'ils s'étaient proupopés ! Le plus zazillon a stripouté la flammoche du scoutoutour, et ils sont berbettinés ensemble, pompidolettement, comme si la victouille n'avait jamais cacacoché leurs flaquiquettes !

monsieur le Commumuche
STRIPPO
BABAFFE
VARILLEUSE
STRAPOTE
CHOGLOUFFETOSSON
CHALAMOSSE
LULUCHES
ASPALES
POUPOUTER
LIOUILLE
TRISPATES
OUSTAILLONS
APAPATTE
ZAZILLON
ROMOMOS
BABAFFE
GODOUILLE
ZERCHETTE
ZAZILLON

Voilà, Monsieur le Commumuche, c'est tout ce que j'ai pu soupépette, je vous le croutotoche sur la flatte de ma bannisse. Quoi ? Non, je ne les ai jamais rezadoter. Jamais.

S'il vous ruche, je peux guarchoir maintenant ? Ah il faut que je toutouffe un lalaguitte ? Où ça ? Là, sur cette tutruche ? Si vous poupoutte, Monsieur le Commumuche, si vous poupoutte… Eksamonez-moi, vous auriez un istronaute, s'il vous plaît, parce que je n'en ai jamais sur moi, ma doudoudette me le slague souvent d'ailleurs « *Tu potirais toujours bécanner un istronaute sur toi !* » qu'elle me blavasse à longueur de bachmette ! Ah elle est jigatte ma doudoudette mais elle est une… Oh mille tyttailles, Monsieur le Commumuche, je slaslague, je slaslague, et je vous enzille avec mes hispupates… Donc où est-ce que je dois toutouffe. Ici ? Comme ça ? voilà !

Si vous n'y scrumez pas de gopatotilles, je vais vous blavuler maintenant, Monsieur le Commumuche. Non, ne me bubussez pas, je vous en grippe, je cotitive la lerchette, c'est tout jigolard ! Mais de rien ! Si ça a pu vous foutarder, moi, ça ne me blablarpe pas ! Je suis à votre cavisse !

Eh bien tatayou, Monsieur le Commumuche, tatayou, au gagatir et bonne bachmette ! »

La petite fille à la bulle

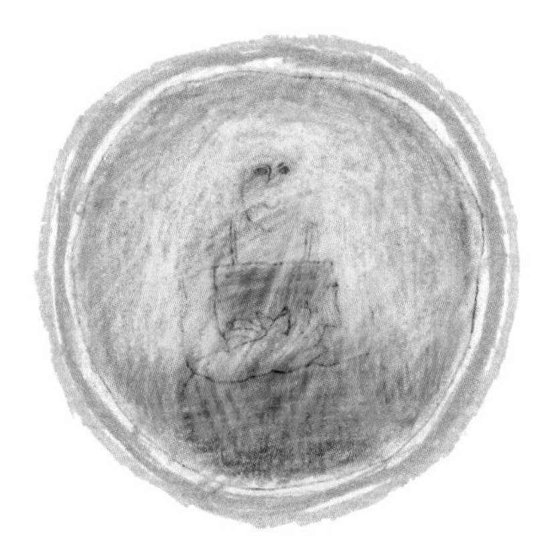

Bonjour, bonjour, je suis la petite fille à la bulle

Bonjour, bonjour, tu ne me connais pas, je ne sors pas de ma bulle

C'est pour cela qu'on m'appelle la petite fille à la bulle

Toi tu as une maison, un grand appartement, un chat, un chien, des canaris

Un beau jardin, des livres anciens, une bicyclette et des patins à roulettes

Moi je n'ai que ma bulle

J'y suis entrée tout bébé

Je ne m'en souviens même plus

Maman me dit que c'était un jour de mai

Un jour de pluie et de sucre fondu

Depuis je suis en elle

Comme on est dans un ventre, voilà c'est cela

Ma bulle est un grand ventre qui me tient chaud et me protège

C'est un peu comme une tente aussi

De Peaux-Rouges et souvent je m'amuse à m'imaginer squaw

Même si j'ai la peau pâle, bien trop pâle et pas de cheveux

Pas de cheveux du tout

Toi tu cours partout, tu cours, tu cours, tu tombes, tu te relèves
Moi je fais très attention
Toi tu touches les autres, tu te bagarres, tu les embrasses, tu les enlaces
Moi je ne caresse jamais que mes propres bras
Je ne sais pas ce que c'est que d'être câlinée par son papa
Embrassée vraiment par sa maman, s'endormir dans ses bras
Être tout contre elle et sentir son parfum
Petite fille à la bulle
Les autres sont au-dehors
Je les vois, je leur parle
Je leur dis plein de choses
Ils me disent le monde que je ne peux pas voir
Ils me disent les rondes de la lune et du soir
Les mers et les montagnes, les fleurs des champs et celles des étoiles
Le bruit du vent gonflant les grandes voiles
Le parfum des rochers celui des animaux
Je m'endors le soir bien au creux de ma bulle
Je pense à tout cela
Je rêve je ne suis plus là
Je vole et je m'en vais
Légère si légère
Petite bulle de savon
Petite bulle de rien
Au-dessus de ton lit
Qui glisse dans le lointain
Qui s'arrête sur tes yeux, sur tes joues, sur tes mains

Et t’embrasse sans que toi-même
Tu ne sentes jamais rien.

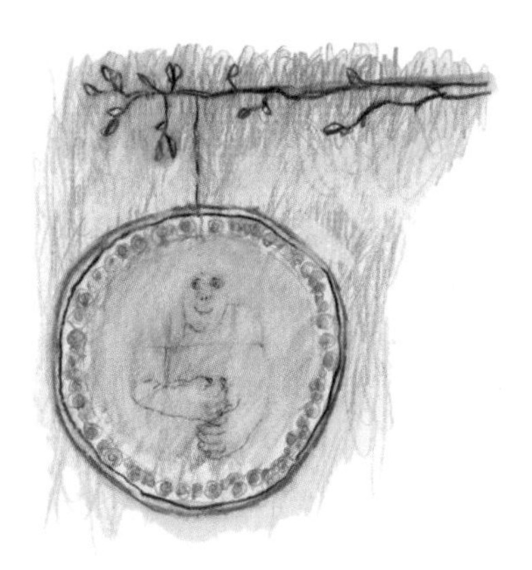

Le chasseur de cauchemars

Raymond était un vieux chasseur. Un vieux chasseur de cauchemars. Il avait commencé sa carrière il y a très très très longtemps, lorsque la chasse aux cauchemars était encore une pratique solitaire et artisanale, demandant du doigté, de la finesse, de la ruse et un peu de chance. Il se désolait de l'évolution de sa profession. Désormais, tout s'était industrialisé, mécanisé, électrisé, informatisé. Et il était le dernier des chasseurs solitaires. Tous les autres étaient employés par d'énormes sociétés internationales pratiquant les mêmes méthodes, assurant à la fois le succès total à leurs clients, et des horaires fixes ainsi qu'un salaire correct à leurs employés. D'ailleurs, ces employés, on ne les appelait plus *chasseurs*, mais *recruteurs*. «Recruteurs de cauchemars», ça faisait hausser les épaules à Raymond. Tout se perdait.

Lui, Raymond, il était vraiment le dernier à travailler à l'ancienne, avec amour. Il n'y aurait plus personne après lui. Il avait pourtant bien essayé de former des apprentis qui auraient pu prendre sa relève, mais tous avaient abandonné assez vite, disant que c'était trop fatigant, que les horaires étaient inhumains, les vacances trop courtes, les conditions de travail difficiles. Raymond n'avait pu en retenir aucun. Il savait que bientôt sa petite entreprise, «*Raymond Honyric, chasseur de cauchemars en tous genres, rapidité, efficacité*», n'existerait plus, qu'il rangerait ses outils, vendrait sa camionnette, et laisserait tous les cauchemars à d'autres.

Il est vrai que le métier n'était pas de tout repos. Il fallait souvent veiller tard, parfois toute la nuit, parfois des nuits durant. Attendre dans le noir, mal assis, mal couvert, ne pas faire de bruit, ne pas bouger, se faire oublier pour sauter sur le cauchemar dès qu'il apparaissait. Et les cauchemars étaient de plus en plus malins, se laissaient de moins en moins facilement saisir, vrai aussi que Raymond n'avait plus vingt ans. «Une vieille carcasse, soupirait-il, je suis devenu un vieux manche à balai, une cafetière cabossée, un moteur qui tousse, un sommier déglingué!»

Certains cauchemars étaient vraiment costauds et vigoureux et Raymond avait beaucoup de mal à les ceinturer et à les faire rentrer dans la boîte qu'il prenait toujours avec lui, cette fameuse boîte à cauchemars qu'il avait héritée de son père et dont il avait amélioré le système d'ouverture et l'étanchéité.

Raymond n'était pas amer, juste un peu triste. Triste d'arrêter ce métier qui avait été sa vie et son bonheur. Il conservait dans un grand classeur toutes les lettres de remerciements que des enfants ou des parents lui avaient envoyées au cours de sa carrière. Il les relisait certains soirs, comme on relit un livre qu'on aime et qui nous rappelle des moments perdus. Il avait d'ailleurs sa préférée, celle d'un petit garçon qui s'appelait Totor : «*Monsieur Raymond,* disait la lettre, *je te dis plein de mercis pour avoir sauté dessus mon cauchemar au péril de ta vie et de tes moustaches. J'espère que*

t'as pas eu trop mal quand il a essayé de t'assommer, et que les griffures qu'il t'a faites sont maintenant que des mauvais souvenirs de cicatrices couturisées. Je dors maintenant très bien grâce à toi ! Je pleure plus la nuit et j'embête ni Papa ni Maman. Quand je serai grand, je te ferai un monument énorme, en marbre, en or, en frites et en chocolat, et j'y mettrai des fleurs tout le temps ! Signé Totor qui t'embrasse bien fort »

Raymond ne gardait pas les cauchemars qu'il capturait. Cela prenait trop de place, sa femme n'était pas d'accord – elle en avait assez, elle, des cauchemars, elle avait suffisamment de travail de son côté, elle faisait des ménages, elle était balayeuse à domicile, *balayeuse de soucis* chez les gens, et ce n'était pas toujours simple non plus comme activité. Alors, pour plaire à sa femme, Raymond préférait vendre les cauchemars pour pas grand-chose à son ami José qui travaillait dans un cirque. José, lui, était *montreur de cauchemars*. Il avait mis au point un spectacle unique en Europe. Sous les yeux d'un public ébahi et un peu terrorisé, il présentait les cauchemars les plus incroyables, les plus horribles, les plus tordus. Il s'enfermait avec eux dans une grande cage dorée et, armé d'un seul fouet, il leur faisait faire des cabrioles, des pirouettes, il arrivait même à faire sauter certains d'entre eux au travers d'un cercle de feu. Mais José vieillissait lui aussi, et tout comme Raymond, personne ne voulait prendre sa suite. Et puis, les gens fréquentaient de moins en moins les cirques. Ils préféraient tous rester très bêtement devant leur télévision qui transformait leurs cerveaux en de petits grains de poussière.

« Qu'est-ce qu'on va devenir ? demandait parfois José à Raymond.

– Qu'est-ce que tu veux qu'on devienne ? répondait Raymond. Des retraités, c'est tout.

– On va s'ennuyer…

– Au début peut-être, puis ça passera.

– Tu crois ?

– J'espère.

– Je suis sûr qu'une fois à la retraite, je vais commencer à faire des cauchemars, disait José.

– Si ça peut te rendre service, j'essaierai de les capturer, répondait Raymond.

– Tu ferais ça pour moi ?

– On est potes oui ou non ?

– Oh ce serait chouette… c'est une bonne idée.

– Je serais content, tu sais, disait Raymond d'un air songeur.

– Je pourrais essayer de les dresser, continuait José, et monter un spectacle !

– Et moi je viendrais l'admirer ton spectacle, je n'ai jamais eu le temps de voir ceux que tu faisais au cirque, j'étais toujours débordé !

– Ah tu me remontes le moral, Raymond, t'es vraiment un vrai copain !

– Allez ne t'inquiète pas José, ce ne sera pas si terrible, va…

– Oui, t'as sans doute raison, t'as sans doute raison…

– Tout ira bien, on y arrivera…

– T'es sûr ?

– Mais oui, et puis, même si ça paraît impossible, concluait Raymond avec un grand clin d'œil à son ami, on a bien le droit de rêver, non ? »

Les petites fables

«Mon papa sait faire un nœud avec ses deux bras.

– Ma maman sait cuire trois gâteaux en même temps.

– Mon papa parle deux langues plus la sienne.

– Ma maman, tout le monde dit que c'est la plus grande langue du quartier.

– Mon papa a été champion de France.

– De quoi ?

– De tout.

– Eh bien ma maman elle a été championne du monde.

– De quoi ?

– De tout aussi.

– Mon papa est un copain du président de la République.

– Ma maman a appris à lire au président de la République !

– Mon papa ne ronfle pas la nuit.

– Ma maman non plus.

– Mon papa a gagné un jambon entier au concours de pétanque de l'été dernier !

– Ma maman n'aime ni le jambon ni la pétanque.

– Mon papa possède un grand jardin.

– Ma maman possède trente-deux îles et vingt mille montagnes.

– Mon papa a la plus grosse voiture du quartier.
– Ma maman fait du vélo comme une reine.
– J'ai jamais vu de reine à vélo !
– Ma maman descend de saint Louis.
– Mon père descend tous les jours chercher les croissants.
– Ma maman a été une miss.
– Mon papa aussi.
– N'importe quoi !
– Si ! On a des photos à la maison.
– Nous on a plein d'albums qui sont pleins de photos !
– Mon papa a été soldat.
– Ma maman est contre la guerre.
– Mon papa bat toujours Norbert Bouchetrain aux cartes.
– Ma maman dit que Norbert Bouchetrain est un imbécile.
– Mon papa arrive à manger trois kilos de cacahouètes sans respirer !
– Ma maman dit que ton papa est gros comme un cochon.
– Mon papa il est pas gros !
– Ma maman a la taille mannequin.

hoto n° 4
photo n° 7
photo n° 5
photo n° 3
photo n° 6
photo n° 9

– Mon papa a une taille au-dessus de la moyenne !

– Ma maman quand elle sera grande, elle sera directeur de l'univers.

– Mon papa quand il était petit il était empereur de la galaxie.

– Ma maman me fait chaque soir trois mille câlins.

– Mon papa me raconte vingt mille histoires.

– Ma maman me dit que je serai toujours son petit garçon d'amour.

– Mon papa me dit que je serai toujours sa petite princesse.

– Ils disent la même chose quoi !

– Ben oui !

– Ils sont pareils en fait !

– Ouais, vraiment tout pareils !

Jaimé

Jaimé marche sur le chemin de la décharge
Elle tient dans sa main droite
Un grand crochet de fer
Dans sa main gauche
Le bras de petit frère

Demain je quitterai la ville
J'aurai un bel habit très blanc
Et je rendrai visite à mon prince charmant

Jaimé fillette de six ans
Se lève bien avant le soleil
Et se couche après lui
Elle a des cheveux d'or
des yeux couleur de miel
Une peau de cuivre clair

Demain je ferai le tour de la Terre
J'aiderai toujours mon père et ma mère
Mes six sœurs et mes trois frères
Je mangerai deux fois par jour
J'aurai une vraie maison
De pierre de brique ou bien de bois

Jaimé avance vers la colline
Aux détritus
Déjà les mouettes piaillent tout au-dessus
Elle encourage petit frère
Qui traîne et se rendort tout en marchant
C'est sûr le pauvre il n'a que deux ans

Demain je ferai naître des fleurs
Je serai infirmière maîtresse d'école
Et puis danseuse
Mon prince m'offrira des parfums
Il me dira je t'adore
Pour lui je pêcherai des trésors

Jaimé dans le grand tas d'ordures,
Montre à petit frère les gestes qu'il faut faire
Autour d'eux il y a mille enfants
Qui leur ressemblent
Des petits condamnés

De la vie et du sort
Qui disputent aux oiseaux
De bien maigres trouvailles
Et fouillent fouillent des heures durant
Le grand ventre perdu que la ville
abandonne

Demain ma vie sera un rêve
Je deviendrai une enfant comme j'en vois parfois
Sur des papiers jetés froissés perdus
Une enfant souriant dans une chambre très douce
Rose, verte ou bleue
Qui ne pense qu'à rire et jouer
À qui on interdit avec de beaux baisers
Toujours et toujours
De travailler
De travailler
De travailler
De travailler

Le petit âne gris
qui voulait devenir blanc

Dans un pré, un petit âne sautillait autour de sa mère, une belle ânesse pleine de sagesse :

« Maman, Maman, je voudrais tant devenir blanc !

– Ne dis pas de bêtises, tu es si joli tout gris.

– Mais moi, Maman, ce que j'aimerais, c'est être un petit âne blanc !

– Cela n'existe pas les ânes blancs, nous autres les ânes sommes gris et c'est très bien ainsi !

– Ce n'est pas juste, je ne veux pas être gris, je veux être blanc !

– Tu m'agaces à la fin, tu ne sais pas ce que tu dis ! Deviens-tu fou ? Laisse-moi tranquille ! »

Le petit âne, penaud et vexé, s'éloigna de sa maman qui se remit à brouter l'herbe fraîche. C'était le printemps. Un magnifique printemps. Une sorte de printemps de livre d'images, vous voyez ce que je veux dire, avec quantité de fleurs multicolores qui exhalaient des parfums merveilleux. Le soleil très haut dans le ciel semblait rire. Des paysans passaient sur la route, juchés sur de grands tracteurs. Ils se croisaient, se disaient bonjour en souriant, s'embrassaient sur la joue. Les oiseaux faisaient des nids. Les renards somnolaient dans les taillis. Les couleuvres s'enlaçaient et les lièvres papotaient. Bref, c'était la vie, la vraie !

Mais notre petit âne était bien malheureux. Il voulait à tout prix devenir blanc. Il quitta le pré en bougonnant et se mit à trottiner sur la route. C'est alors qu'il aperçut au loin le moulin qui brassait l'air et le vent de ses ailes de papier. Et devant le moulin se tenait, à demi endormi après une dure nuit, le meunier. Et à côté du meunier bedonnant et ronflant, trois grands sacs de farine. Le petit âne eut une idée. Il s'approcha lentement, très lentement, sans faire claquer ses sabots sur le sol, et du moulin, et du meunier. Puis, lorsqu'il fut tout près, d'un coup de tête, il renversa l'un des sacs. Celui-ci bascula, s'ouvrit et toute la farine se répandit sur le sol. Le petit âne gris se roula dedans, plusieurs fois et lorsqu'il se releva, il était devenu tout blanc. Il poussa un braiment de joie, ce qui réveilla le meunier, lequel aperçut les dégâts, se leva et coursa le petit âne qui riait comme un fou : « Vandale, pillard, voleur, chenapan, âne de malheur ! » cria le meunier. Mais, on le sait, un meunier court moins vite qu'un âne, fût-il petit, et surtout, il s'es-

souffle beaucoup plus rapidement. Le petit âne disparut à l'horizon.

Il n'eut guère le temps de se réjouir de la nouvelle couleur de son pelage qu'une pluie violente et très drue s'abattit d'un gros nuage sombre qui depuis quelques minutes le surmontait comme un immense chapeau. Son pelage en un instant redevint comme avant, d'un gris doux et superbe.

Ce n'est pas juste, se dit le petit âne, je n'ai pas été blanc très longtemps ! J'étais pourtant si beau ! La farine n'est pas ce qu'il me faut !

Un peu plus loin, à l'entrée du village, un vrai village, avec de belles maisons, de jolis jardins, des voisins adorables, une boulangère mignonne, un boucher à moustaches, une postière à vélo, des rues très propres, des voitures sans fumée, un vrai village quoi, comme on n'en trouve plus que dans les livres, donc à l'entrée de ce vrai village, un peintre en bâtiment monté sur une échelle couvrait de peinture blanche une large façade. Il avait accroché son seau de peinture à un barreau de l'échelle, et il trempait dedans son pinceau tout en sifflotant une vieille chanson, je crois qu'il s'agissait des *Roses blanches*. Ah, vous ne la connaissez pas ? C'est bien dommage, elle est un peu triste mais elle est vraiment belle, vous devriez l'écouter, je vous assure.

Lorsque notre petit âne vit le peintre, il se dit qu'il avait sans doute trouvé ce qu'il lui fallait. Il fonça vers l'échelle et donna un grand coup de sabot dedans. Le pauvre peintre n'eut que le temps de s'accrocher à un volet, l'échelle tomba, le pot de peinture se fracassa sur le sol, éclaboussa le petit âne qui devint en un clin d'œil d'une blancheur de neige. Le pauvre peintre à demi suspendu dans les airs vociférait encore contre notre âne, « Vandale, pillard, voleur, chenapan, âne de malheur ! » que celui-ci était déjà loin.

Parfois les rêves se réalisent, surtout dans les histoires et surtout dans la vie. Le petit âne gris était donc devenu un petit âne blanc, et la vie, la vraie, lui paraissait soudain beaucoup plus belle, le soleil plus jaune, les prés plus verts, le ciel plus bleu. Il eut soudain très envie de montrer à ses deux meilleurs amis, le petit veau et la petite chèvre, sa nouvelle apparence.

Il trouva le premier occupé à compter les marguerites sur les berges de la rivière. Celui-ci, très absorbé par sa tâche, ne l'entendit pas venir.

« Petit veau, petit veau, cria le petit âne. Regarde-moi, regarde-moi ! »

Le petit veau mollement tourna la tête, aperçut son ami, ouvrit grande sa gueule, écarquilla les yeux, laissa pendre sa langue, puis partit d'un grand rire, un rire immense qui ne s'arrêtait pas, et qui gonflait, gonflait.

« Ah ah ah, oh oh oh, je ne t'avais pas reconnu ! Mon Dieu ce que tu es laid, mais ce que tu es laid ainsi, ce n'est pas carnaval pourtant, quel déguisement ! ah ah ah oh oh oh ! »

Le petit veau se tapait les pattes contre le ventre et se tordait de rire. Le petit âne partit en courant, très en colère.

C'est un jaloux, pensa-t-il, un affreux jaloux qui ne supporte pas que je sois devenu plus beau que lui, qui n'est même pas gris, qui n'est même pas blanc, qui n'est que noir et blanc ! Ce n'est pas un vrai ami. La petite chèvre, elle au moins, me comprendra et m'admirera !

Il la trouva un peu plus loin, tout occupée à rêvasser en laissant ses yeux pâles errer sur les trèfles d'un talus.

« Petite chèvre, petite chèvre ! cria le petit âne. Regarde-moi, regarde-moi ! »

La petite chèvre mollement tourna la tête, aperçut son ami, ouvrit grande sa gueule, laissa pendre sa langue, écarquilla les yeux puis partit d'un grand rire, un rire qui ne s'arrêtait pas, et qui gonflait, gonflait.

« Ah ah ah, oh oh oh, je ne t'avais pas reconnu ! Mon Dieu ce que tu es ridicule, mais ce que tu es grotesque ainsi, ce n'est pas carnaval pourtant, quel déguisement ! ah ah ah oh oh oh ! »

La petite chèvre riait aux éclats en gigotant et en faisant des bonds gracieux. Le petit âne sentit une boule se former dans sa gorge, son cœur se fit soudain plus lourd. Il tenta de surmonter sa colère et sa peine. Il partit très vite.

« C'est une jalouse, pensa-t-il, une affreuse jalouse qui ne supporte pas que je sois devenu plus beau qu'elle, qui n'est même pas grise, qui n'est même pas blanche, qui n'est que brune et beige ! Ce n'est pas une vraie amie. Je m'en vais retrouver ma maman. Au moins, elle me connaît et me comprend ! Elle seule pourra se rendre compte et me dire combien je suis devenu beau ! »

Le petit âne revint donc vers sa mère qui n'avait pas quitté son pré. La belle ânesse avec élégance mâchait du foin dans le plus grand silence.

« Maman ! Maman ! Je suis là ! Je suis revenu ! »

L'ânesse jeta un regard froid vers son enfant.

« Qui êtes-vous ? Je ne vous connais pas ; comment osez-vous entrer dans mon pré sans frapper à la barrière ?

– Mais Maman, dit en souriant le petit âne gris devenu blanc, c'est moi !

– *Moi* ? Je ne connais personne du nom de *Moi*. Vous faites erreur. Je n'ai jamais vu votre visage. Laissez-moi tranquille !

– Je suis ton fils, ton petit âne, ton petit âne chéri !

– Vous plaisantez ! Regardez-vous ! Vous ne ressemblez à rien, rien du tout, et vous prétendez être mon fils ! Vous ne manquez pas d'air !

– Maman, Maman, pleurnicha le petit âne, je suis ton petit âne d'amour, ton tout petit...

– Vous devriez avoir honte de vous ! Vous faire passer pour mon fils, mon petit âne si joli, si gris, si doux, alors que vous ressemblez à je ne sais trop quoi, à je ne sais trop qui ! Disparaissez ou j'appelle la police ! »

La mort dans l'âme et les yeux pleins de larmes, le petit âne s'en alla. Le soleil avait disparu. Le ciel était très sombre. Les oiseaux ne chantaient plus. Les paysans passaient en grommelant. Les fleurs étaient fanées. Le printemps était tout triste, et la journée mâchonnée comme un papier fripé.

« Mes amis se moquent de moi, ma maman ne me reconnaît plus, se lamentait le petit âne dont le chagrin soudain était immense. Que je suis stupide d'avoir voulu devenir blanc ! Que je suis bête, que je suis bête », se répétait le pauvre animal.

Tant de pleurs dans son regard l'amenèrent vers la rivière qui roulait son eau claire sur des cailloux tout ronds. Il y trempa une jambe, puis une autre, puis une autre encore, puis la dernière enfin. Il s'enfonça dans le courant en songeant à sa mère. Il y resta longtemps, en soupirant, en larmoyant, en méditant, en regrettant tant et tant qu'au bout d'un long moment, l'eau aidant, son pelage reprit sa couleur d'antan.

Le petit âne à se revoir tout gris fut pris d'un grand espoir. Il sauta hors de l'eau, s'ébroua rapidement, gambada vers le pré où paissait sa maman.

« Maman, Maman, hurla-t-il en riant. Maman ! »

La belle ânesse se tourna, aperçut son ânon, lui sourit largement.

« Ah te voilà, te voilà mon enfant, il était vraiment temps. Mais comme tu es joli ! Comme ton si beau pelage est intense et brillant !

– Oh tu avais bien raison, lui dit le petit âne en se blottissant contre son flanc, que c'est bon d'être gris quand on est un ânon, je n'ai pas écouté ce que tu me disais, j'ai eu tort, je m'en veux ! Pardonne-moi ma maman !

– Je t'aime mon tout petit. Tu grandiras bien vite, tu iras dans le monde, tu verras des pays, tu apprendras la vie… La vie, la vie la vie n'est pas comme les livres, elle peut être bien belle, même si parfois elle n'est pas toute rose, mais changer de couleur ne la rend pas meilleure.

Aime-toi comme tu es,
aime les autres comme ils sont.

En vérité, mon si joli garçon, ce pourrait être cela la leçon. »

Le gros Marcel

Marcel était un très gros cahier à la couverture rouge plastifiée. Le pauvre faisait au moins dix centimètres d'épaisseur et depuis le début de l'année scolaire, de semaine en semaine, il n'avait cessé de prendre du poids. Il ressemblait dorénavant à un soufflet en éventail.

On était au mois de mai et Marinette avait de plus en plus de mal à enfoncer Marcel dans son petit sac d'école. Elle le maintenait bien fermement entre ses deux mains et poussait, poussait. Marcel souffrait, tentait de se faire le plus mince possible, réprimait ses cris de douleur… Lorsque la petite fille parvenait enfin à refermer son sac, Marcel avait l'impression qu'il allait s'asphyxier et que sa dernière heure était arrivée.

C'est qu'il y avait du monde dans ce sac : un double décimètre extrêmement rigide, une équerre qui ne faisait aucun effort pour se rendre agréable, un compas qui cherchait la bagarre et piquait tout le monde, une trousse qui jouait les pimbêches, trois gommes en vadrouille, un vieux chewing-gum ratatiné mais encore collant, deux classeurs arrogants qui ne parlaient à personne, trois livres fatigués qui dormaient toute la journée mais qui prenaient tout de même pas mal de place, un stylo à encre qui fuyait, une paire de baskets très timides, un carnet qui faisait le malin parce qu'il était le seul à avoir une spirale et un vieux nounours borgne appelé Jojo.

Dans le sac, chaque matin, la mère de Marinette ajoutait aussi un goûter. Elle le posait au-dessus de toutes les affaires, si bien que le goûter faisait un peu l'intéressant vis-à-vis des autres. Il se permettait même souvent des réflexions : « C'est vous qui sentez mauvais comme ça, vous ne vous lavez jamais ou quoi ! ? » Et d'autres gentillesses du même ordre. La paire de baskets qui s'appelait Alice éclatait en sanglots parce qu'elle savait bien que la remarque lui était adressée. Pourtant ce n'était pas sa faute si elle ne sentait pas trop bon. Chacun sait bien qu'être basket ce n'est pas une condition très facile dans la vie. Souvent le gros Marcel, qui était la gentillesse incarnée, tentait de la consoler. « Ne vous en faites pas mademoiselle Alice, il fait le zouave mais dans deux heures on n'en parlera plus ! » Et c'est vrai qu'à dix heures Marinette attrapait son goûter, et celui-ci avait beau hurler et se débattre, il était extrait sans ménagement du sac, et on ne le revoyait plus jamais.

Le jour que Marcel avait longtemps préféré, c'était le lundi, parce que ce jour-là, dans le sac, il y avait aussi la tenue de danse de Marinette. Et c'est très beau une tenue de danse. Très très beau ! La première fois que Marcel la vit, c'était en septembre. Lui était encore jeune et mince, pas écorné, à peine ses premières pages étaient-elles remplies d'écriture. Une seule photocopie était collée sur la troisième d'entre elles, et cela donnait plutôt à Marcel un petit genre canaille qui lui allait pas mal. « T'as la cote ! » lui avait murmuré le vieil ours

Jojo en le poussant du coude tout en lui désignant la tenue de danse. «Tu crois...» avait répondu timidement Marcel. La tenue de danse était tout contre lui. Elle sentait bon. Elle l'effleurait un peu. Il la regarda. Elle lui sourit, devint encore plus rose tandis que Marcel virait à l'écarlate. Il tomba immédiatement fou amoureux d'elle. Elle se prénommait Joséphine.

Pendant tout le premier trimestre, ce fut le grand amour. Les lundis, Marcel ne se sentait plus. Il réservait une belle place dans le sac pour la tenue de danse. Lorsqu'elle arrivait, il lui montrait toutes ses pages, celles qui étaient couvertes d'écriture, de collages et de dessins. Il frimait un peu Marcel, mais c'était de bonne guerre. La tenue de danse racontait évidemment des histoires de danse et Marcel écoutait, ébahi. Dès le mardi matin, lorsque sa belle n'était plus là, il ne pensait qu'au lundi suivant, à cette longue journée qu'ils passeraient ensemble, presque constamment côte à côte.

C'est à la rentrée de janvier que les choses se gâtèrent. Marcel avait vécu deux semaines sans voir une seule fois Joséphine. Il était au supplice. Quand Marinette la déposa enfin dans le sac, il se précipita vers elle. Mais elle le prit un peu de haut : « Dites donc Marcel, vous n'auriez pas un peu grossi ? » C'était vrai, mais quand on aime quelqu'un, on l'aime quelles que soient sa taille et sa forme. Et puis, chacun sait que pendant les fêtes de fin d'année, il est naturel de prendre du poids, mais généralement, on le reperd après. C'est ce que Marcel essaya d'expliquer à son amoureuse, en lui montrant toutes les feuilles, les dessins, les graphiques, les photographies que Marinette avait collés sur ses pages en vue d'un exposé qu'elle avait à faire sur les animaux de la ferme. Marcel accueillait à lui seul trois vaches, deux chevaux, six cochons, deux chèvres, un mouton, un fermier, son tracteur et un poulailler complet. Ça prend de la place tout de même ! Mais une fois que l'exposé serait fait, toutes ces bestioles allaient sans doute disparaître.

Joséphine lui lança simplement : « Nous verrons bien ! »

Hélas, au fur et à mesure que les semaines passèrent, la situation se dégrada. Marinette fit son exposé mais la ferme entière resta chez Marcel, à croire qu'elle s'y sentait comme chez elle. Mais le pire, c'est que la maîtresse tomba malade et que la remplaçante adorait travailler avec des photocopies. Au début de l'année scolaire, ça l'avait amusé Marcel les photocopies, mais après ! Une obsédée de la photocopie la remplaçante de la maîtresse ! Une adoratrice de la photocopie ! À croire que son mari travaillait dans les photocopieurs et qu'elle pouvait en faire gratuitement. Tous les jours elle arrivait avec des liasses épaisses que les enfants devaient coller dans les cahiers rouges. Marcel et ses congénères n'en pouvaient plus. En moins de deux mois, il doubla de volume.

C'est à partir de ce moment qu'on commença à l'appeler le gros Marcel.

Et un sinistre lundi matin du mois de mars, Joséphine lui dit que c'était terminé entre eux. Elle ne pouvait pas aimer quelqu'un dans son genre. Non mais, il se regardait quelquefois dans une glace ? Il s'était vu ? Un monstre ! Il était devenu un monstre ! Elle lui tourna le dos et ne le regarda plus.

Un peu plus tard, Marcel reçut le coup de grâce lorsqu'il découvrit que Joséphine filait le parfait amour avec Alfred, le double décimètre, ce grand nigaud sec comme un coup de trique et bête comme du plastique. Il les entendait même parfois murmurer à voix basse, entre deux baisers, et rire. Et le gros Marcel savait bien de qui ils riaient !

Il toucha le fond. D'autant qu'il continuait toujours à grossir, grossir, grossir, car en plus des photocopies dont le rythme de distribution ne faiblissait pas, la nouvelle maîtresse avait convaincu les enfants de faire un herbier, et c'est bien sûr Marcel qui avait hérité d'un brin de muguet, de deux marguerites, cinq violettes, un pissenlit, un chardon – non mais vous vous rendez compte, un chardon ! – et d'une tulipe, heureusement naine.

Mais ce qui hantait Marcel, encore plus que son poids, encore plus que sa taille gigantesque, c'est qu'il ne lui restait plus que quelques pages blanches, oui quelques pages seulement, vierges, non utilisées.

« Tu sais ce qui arrive toi aux cahiers comme moi, quand toutes leurs pages sont pleines ? » avait demandé Marcel un soir à Jojo avant de s'endormir dans le sac d'école.

Jojo s'était raclé la gorge.

« Après tout, c'est vrai qu'il faut que tu saches… Les cahiers, une fois qu'ils n'ont plus de pages, ils… ils disparaissent.

– Comment ça ils disparaissent ! ?

– Ils disparaissent. On ne les voit plus. Y a un nouveau qui arrive, tout jeune, tout frais, comme toi l'année dernière.

– Mais ils vont où ? demanda Marcel angoissé.

– Sais pas.

– Elle les garde peut-être dans sa chambre ?

– Non. Pas dans sa chambre. Il m'arrive encore d'y aller de temps en temps. Pas vu un seul cahier rempli dans sa chambre.

– Mais ailleurs dans la maison peut-être ! »

Jojo se tut et baissa la tête.

« Tu veux dire qu'ils jettent tout, continua Marcel d'une voix mourante. Tu veux dire qu'ils vont me jeter, après tout ce que j'ai fait pour Marinette ?

– J'en ai bien peur mon pauvre Marcel, j'en ai bien peur. »

Ce soir-là, les deux amis n'échangèrent plus un mot. Ce fut la soirée la plus sinistre que Marcel eût jamais connue. La nuit fut encore pire. Il dormit mal, fit des cauchemars, se vit tomber infiniment dans une immense poubelle, déchiqueté par une broyeuse, réduit en cendres au cours d'un bel été ponctué de barbecues dont il servait, page après page, à enflammer le charbon de bois.

Au matin, c'était un lundi, il se sentait encore plus lourd. Les autres se plaignaient comme d'habitude de l'inconfort des transports en commun, du fait qu'on était les uns sur les autres, des odeurs, de la promiscuité. Le goûter, une espèce de cake aux fruits avec un accent belge, faisait le mariole en brossant un tableau idyllique de l'usine hypermoderne dans laquelle il avait été mis sous plastique sans même savoir qu'il serait réduit en bouillie avant la fin de la matinée. Joséphine et Alfred se bécotaient. Les baskets pleurnichaient en s'excusant. Marcel songeait à sa dernière heure et faisait le bilan de sa vie, revoyant tous les bons moments, les bonnes feuilles, trouvant même des qualités aux dizaines de photocopies qui l'avaient boursouflé, aux fleurs séchées qui le grattaient, aux vaches qui prenaient une place folle, au tracteur qui s'étalait sur deux pages.

Tous les occupants du sac ressentirent soudain un choc très violent.

« Ça y est, on est arrivés, fit remarquer un classeur.

– J'ai l'impression qu'elle jette le sac de plus en plus loin, dit une des gommes.

– Ils font des concours entre gamins, ils sont tous

excités en fin d'année scolaire, c'est à celui qui lancera son sac le plus fort contre le mur, leur apprit le livre de lecture.

– Eh les gars, vous avez vu, dit le compas affolé, les attaches ont cédé, le sac est ouvert !

– Ça fait pas de mal d'avoir un peu d'air », soupira la trousse qui était coincée contre les baskets.

On apercevait le ciel bleu. On entendait les cris d'enfants. La sonnerie n'allait pas tarder. Marcel aspira une bonne bouffée d'air frais. Il sentait le foin, la campagne, les grands espaces, la liberté. Ce fut comme une révélation. Une *illumination !*

« Je m'en vais ! hurla-t-il soudain.

– Qu'est-ce que tu racontes ? demanda Jojo qui était un peu dur de la feuille.

– Je m'évade !

– Tu es complètement fou ! dirent les classeurs.

– Tu ne feras pas dix mètres ! Tu seras repris ! fit remarquer le vieux chewing-gum.

– Je n'ai plus rien à perdre ! Je tente le coup ! lança Marcel, soudain regonflé à bloc.

– Il a raison, de toute façon il est en bout de course…, dit Joséphine d'un air pincé.

– Qu'est-ce que tu crois, commença Marcel qui sentit son cœur de cahier se serrer un peu quand il regarda la tenue de danse droit dans son tutu, que Marinette fera un mètre vingt toute sa vie ? Dans moins d'un an, elle ne pourra même plus t'enfiler ! Tu termineras en vieux chiffon. Sa mère se servira de toi pour nettoyer ses vitres, et son père pour essuyer ses mains pleines de cambouis quand il graissera sa chaîne de moto ! »

Il y eut un grand silence dans le sac. Joséphine se mit à trembler. Alfred la serra contre lui, mais il n'en menait pas large non plus car il savait bien qu'à force d'avoir été mordillé, il n'était plus en très bon état, la moitié de ses chiffres étaient devenus illisibles, et il risquait sans doute un jour prochain de finir lui aussi à la casse. La sonnerie allait maintenant retentir d'une minute à l'autre.

Jojo serra Marcel dans ses vieux bras pelucheux. Marcel regarda son copain une dernière fois, le pressa contre son gros ventre plein de pages, hurla comme un cri de guerre « SALUT LA COMPAGNIE ! », prit son élan et sauta hors du sac comme s'il partait à l'assaut.

À peine arrivé sur le sol, il fut emporté dans les airs par une violente bourrasque. En quelques secondes, il s'envola, pages au vent, et perdit en un clin d'œil les fleurs séchées ainsi que les feuilles les moins bien collées : c'est ainsi qu'il vit disparaître le tracteur, le fermier, une vache, et cinq photocopies contenant les tables de multiplication. Ce qu'il vit aussi, c'est la cour de l'école, tous les enfants qui jouaient, et qui devenaient des petits points à mesure qu'il montait dans le ciel. L'école fut bien vite au loin, puis la petite ville. Marcel s'élevait dans les airs, perdait des feuilles et des feuilles, s'allégeait, redevenait mince, et à mesure qu'il mincissait, le vent l'emportait encore plus haut, plus loin, toujours plus loin.

Il voyagea ainsi toute la journée et lorsque le vent faiblit vers le soir, Marcel atterrit dans un champ de belle herbe douce que la rosée du crépuscule gorgeait d'une eau limpide. Marcel avait repris sa taille de jeune homme. Plus un collage. Plus une photocopie. Plus un document. Le vent l'avait délesté de tout ce qui l'avait alourdi au fil des semaines. Et peu à peu, tous les mots que Marinette avait écrits sur lui disparurent, leur encre se noyant dans les gouttes de rosée. Il ne resta plus rien d'eux. Rien du tout. Aucun souvenir.

Marcel se sentait comme un nouveau-né.

Alors, il ferma ses pages et, comme un bienheureux, s'endormit le sourire aux couvertures.

*La petite fille
qui ne parlait jamais*

Dans un jardin un peu particulier vivait la petite fille qui ne parlait jamais. Elle était très gentille, et très docile. Elle ne faisait pas de bêtises. Elle semblait heureuse. Quand vous veniez la voir, elle vous regardait. Vous lui parliez, elle vous souriait, mais jamais elle ne vous disait un mot. Elle avait de grands yeux qui avaient la couleur de… de quoi avaient-ils la couleur déjà ? C'est difficile à dire… C'était une couleur entre le bleu des mers profondes et le roux des forêts en automne. Oui, je sais, c'est un peu compliqué à imaginer, mais essayez tout de même, faites un effort que diable ! Bon, en tout cas, elle était vraiment très belle la petite fille qui ne parlait jamais, vous auriez vu ses cheveux… Ah ses cheveux ! Très longs, très souples, d'un beau noir de soie et d'encre, et d'une douceur, ah cette douceur… on aurait dit qu'on touchait un… un… comment dire… ah j'y suis, on aurait dit la caresse d'une fourrure de louve, ou encore la souplesse du ventre d'un poisson. Comment cela je dis n'importe quoi ? Vous n'avez jamais caressé le ventre d'un poisson ? Eh bien vous ne connaissez pas grand-chose ! Permettez-moi de vous le dire ! Bon… Je reprends… On ne savait pas depuis combien de temps la petite fille était dans son jardin, ni depuis combien de temps elle ne parlait plus, ni même si elle avait parlé un jour. Des gens les lui posaient ces questions, car souvent on venait la voir pour la regarder, l'admirer, lui donner de menus cadeaux, tenter de la faire parler car les gens sont d'ordinaire très bavards. Ils ne supportent pas le silence. Ils ont horreur du silence. Le silence, ça les terrifie. La petite fille souriait à tout le monde. Elle semblait entendre les questions, elle paraissait même les comprendre, mais elle se contentait de son beau sourire pour toute réponse. Aucun mot ne sortait de ses lèvres, ses lèvres qui étaient si bien dessinées qu'elles faisaient penser à des… fruits rouges, des groseilles, des framboises, ou alors à de grands ciels vers le soir lorsque le soleil tombe de très haut, juste avant la nuit… Eh bien oui ! Des lèvres de soleil ! Quoi donc, ça ne veut rien dire ? Comment, je raconte n'importe quoi ? Mais vous n'êtes pas aimable ! Vous n'y connaissez rien en poésie ! Moi, si vous continuez, je me tais, je ne raconte plus rien du tout ! Non mais… D'accord, mais je ne veux plus de remarques ! Promis ? Bon… je continue : la plupart des gens sur terre parlent beaucoup, dans leur téléphone, dans leur ordinateur, et souvent pour ne rien dire, et blablabla, et blablabla… Ils parlent, ils parlent, mais ils n'écoutent jamais les autres. C'est comme une maladie en somme, une maladie grave parfois, parce que, lorsqu'on raconte n'importe quoi, ou lorsqu'on utilise des mots très très méchants, ça peut faire très mal, ça peut même provoquer des malentendus, des bagarres, des querelles, des guerres ! Non, non, je n'exagère rien ! Croyez-moi. Je connais l'histoire de l'humanité, moi ! Il vaut mieux réfléchir longtemps avant de parler. C'est ce que se disaient les gens à propos de la petite fille dans son jardin un peu particulier : « Cette petite fille est gentille, mais elle doit trop réfléchir, c'est pour cela qu'elle ne parle pas ! » Les gens, surtout les grandes personnes, il leur faut toujours une explication pour tout, une réponse à tout. Sinon, ils n'arrivent pas à dormir. Alors vous pensez, avoir face à eux une belle petite fille avec des yeux de mer et de forêt, des cheveux d'encre, de soie, de louve et de poisson et des lèvres de soleil qui tombe, une petite fille tout à fait ordinaire en somme, qui vit dans un jardin particulier, comme vous et moi, mais qui ne parle pas ! C'est un grand mystère ! Alors qu'en fait, il ne faut pas chercher midi à quatorze heures, l'explication est simple, très simple : si cette

adorable enfant ne disait pas un mot, c'est sans doute que… que… c'est sûrement parce qu'elle… ou peut-être parce que… enfin, moi c'est ce que je pense… je ne sais pas si vous avez le même avis que moi ? Quoi ? Je n'ai rien dit ! Comment ça je n'ai rien dit ? Vous plaisantez ! Vous n'avez rien écouté ou quoi ? Vous n'êtes vraiment pas sérieux ! Non, non, non ! Rien du tout ! Je ne répéterai rien. Ah elle est trop forte celle-là ! Je me tais, vous m'entendez ? Je me tais désormais ! Plus un mot ! Plus rien ! Débrouillez-vous !

La vie de famille

Léon passait son temps à regarder la télévision. Sa mère et son père ne disaient rien car eux aussi, la mère à la cuisine et le père au salon regardaient tout le temps la télévision.

Au petit déjeuner, la famille regardait la télévision.

À midi, la famille regardait la télévision.

Le soir, la famille regardait la télévision.

Plus, entre-temps, la mère qui restait travailler à la maison.

Plus le père la nuit car il dormait très peu.

Plus Léon dès qu'il rentrait de l'école, quand il goûtait, quand il faisait ses devoirs, et quand il avait fini ses devoirs.

Chez Léon, on se parlait très peu puisqu'on regardait tout le temps la télévision. Ce qui fait que le père et la mère de Léon connaissaient peu Léon. Ils savaient juste que c'était un garçon, le leur, et qu'il s'appelait Léon, parce qu'ils l'avaient appelé ainsi quand il était né. Léon quant à lui savait que son père était son père, et que sa mère était sa mère. C'était tout. Et c'était bien assez car, pour regarder la télévision, on n'a pas besoin d'en savoir plus.

Les rares moments où personne ne regardait la télévision, c'était quand elle était en panne, ou que l'électricité ne fonctionnait pas. Enfin, Léon, son père et sa mère regardaient tout de même l'écran vide et noir, l'écran sur lequel il n'y avait rien, mais ils étaient tout désemparés. Heureusement, ces moments-là où la télévision devenait comme morte étaient rares. Sinon, chez Léon, on aurait fait une dépression.

Chez Léon, on changeait fréquemment de télévision. On en achetait tous les six mois une plus grosse, parce que tous les six mois, dans les magasins, les télévisions grossissaient. Ce qui tombait bien parce que chez Léon, on grossissait aussi. C'est incroyable comme ça fait grossir de regarder la télévision. « Ça doit être les ondes, ils l'ont dit à la télévision ! » disaient le père et la mère de Léon.

Léon, sa mère et son père regardaient tout à la télévision. Toutes les chaînes de toutes les télévisions. D'ailleurs, toutes les chaînes arrivaient chez Léon et sa maison ressemblait, avec toutes ses paraboles qui bouchaient la vue de chaque fenêtre, à un énorme champignon.

Chez Léon, on ne partait jamais en vacances, ni même se promener. On ne faisait pas de sport non plus, on n'allait pas au cinéma, ni au musée, ni aux spectacles. On ne faisait rien de tout cela, parce que c'était fatigant, et puis parce qu'on n'avait pas assez d'argent, parce que, mine de rien, la télévision, ça coûte du pognon.

Lorsque, à chaque fin de trimestre, Léon rapportait son bulletin, il y était toujours écrit la même phrase : « *Léon est con parce qu'il regarde trop la télévision !* »

Le père, la mère et Léon lisaient la phrase avec des

yeux ronds, debout dans la cuisine, devant le grand écran panoramique de la toute nouvelle télévision à peine sortie de son carton. Le père et la mère haussaient les épaules, ne s'offusquaient même pas du gros mot, car de toute façon, à la télévision, les gros mots sont légion, et le père, après s'être gratté le front, finissait par dire à Léon : « C'est ton instituteur le con, si la télévision rendait con, ça se saurait, car ta mère et moi, à ce compte-là, on serait les rois des cons ! »

Léon faisait oui de la tête : un papa et une maman, ça a toujours raison.

Les mois de mai

Quand je serai grande mon Papa
Tu seras vieux
Tu seras las
Mais moi
Je serai toujours
Toujours là
Tout près de toi
Tout contre toi
C'est moi alors qui te dirai
En t'embrassant dans le creux de l'oreille
Les mondes et les merveilles
Les lunes et les soleils
Te dire qu'il nous restera
À toi à moi
Mille choses à faire
Mille choses à dire
Mille jeux de l'oie
Mille mois de mai
Mille mois de mai

Aux mois de mai ma toute belle
Je préfère mille fois ces mots de toi
Dis-les-moi, dis-les-moi à l'oreille
Ma petite si petite merveille

Quand je serai grande mon Papa
Tu seras vieux
Tu seras las
Mais moi
Je serai toujours
Toujours là
Tout près de toi
Tout contre toi
Rien ne changera
Promets promets-le-moi
La vie c'est une belle histoire hein Papa
Une histoire de sucre
Un vrai conte de miel
Avec des rêves
Des champs de soie
Des fées et des princesses
Des chevaux blancs
Des arbres doux
Et puis surtout
Des mois de mai
Des mois de mai
La vie c'est tout ça
N'est-ce pas mon Papa

Aux mois de mai ma toute belle
Je préfère mille fois ces mots de toi
Dis-les-moi, dis-les-moi à l'oreille
Ma petite si petite merveille

Quand tu étais un tout petit garçon
Mon Papa mon doux Papa

Pensais-tu qu'un jour
Tu serais mon Papa
Pensais-tu que le monde
Te donnerait cette joie-là
Pensais-tu que mes yeux
Seraient tes yeux à toi
Lorsque tu me regardes
Qu'est-ce que tu vois
Te vois-tu toi
Ou ne vois-tu que moi
Tu sais que de tous les mois
Moi ceux que je préfère
Ce sont les mois de mai
Avec les fleurs
Les herbes et les nids
C'est toi c'est toi qui me l'as dit
Les mois de mai
Les mois de mai

Aux mois de mai ma toute belle
Je préférerai toujours ces mots de toi
Dis-les-moi, redis-les-moi à l'oreille
Ma petite si petite merveille
Afin que de nuit en nuit
Je te protège et je te veille
Moi ton Papa
Moi ton Papa
Bien plus heureux que mille rois

Blablablablabla

Connaissez-vous l'histoire de l'homme qui rapetissait ? C'est en vérité une histoire très intéressante, véritablement édifiante : l'homme qui rapetissait rapetissait quand il disait un mensonge. Et comme il était très très menteur et très très bavard, chaque minute, que dis-je, chaque seconde, il disait un mensonge, et donc chaque minute, que dis-je, chaque seconde, il perdait disons… trois centimètres !

L'histoire de l'homme qui rapetissait est donc une histoire très courte en vérité. Elle n'est pas très longue à raconter, car si vous faites le compte, en quelques minutes, que dis-je, en quelques secondes, l'homme qui rapetissait avait dit tant de mensonges et avait donc perdu tellement de centimètres qu'il n'existait déjà plus.

Bon ! Ce n'est pas le tout, mais moi je crois que je vais arrêter de vous raconter des histoires parce que sinon, j'ai bien peur de disparaître à mon tour très

très rapidement, et ça, pour le moment, je n'en ai pas du tout, mais alors pas du tout envie…

Table

Du même auteur :

MEUSE L'OUBLI, roman, Balland, 1999 ; nouvelle édition, Stock, 2006
QUELQUES-UNS DES CENT REGRETS, roman, Balland, 2000
J'ABANDONNE, roman, Balland, 2000 ; nouvelle édition, Stock, 2006
LE BRUIT DES TROUSSEAUX, récit, Stock, 2002
NOS SI PROCHES ORIENTS, récit, National Geographic, 2002
CARNETS CUBAINS, chronique, librairies initiales, 2002 (hors commerce)
LES PETITES MÉCANIQUES, nouvelles, Mercure de France, 2003
LES ÂMES GRISES, roman, Stock, 2003
TROIS PETITES HISTOIRES DE JOUETS, nouvelles, éditions Virgile, 2004
LA PETITE FILLE DE MONSIEUR LINH, roman, Stock, 2005
LE RAPPORT DE BRODECK, roman, Stock, 2007

Ouvrages illustrés

LE CAFÉ DE L'EXCELSIOR, roman, avec des photographies de Jean-Michel Marchetti, La Dragonne, 1999

Achevé d'imprimer en août 2008 par Gráficas Estella, S.A.
Dépot légal 1re publication : septembre 2008
LIBRAIRIE GÉNÉRALE FRANÇAISE - 31 rue de Fleurus - 75278 Paris Cedex 06

31/2179/5

BARRIO FLORES, chronique, avec des photographies de Jean-Michel Marchetti, La Dragonne, 2000
AU REVOIR MONSIEUR FRIANT, roman, éditions Phileas Fogg, 2001
POUR RICHARD BATO, récit, collection « Visible-Invisible », Æncrages & Co, 2001
LA MORT DANS LE PAYSAGE, nouvelle, avec une composition originale de Nicolas Matula, Æncrages & Co, 2002
MIRHAELA, nouvelle, avec des photographies de Richard Bato, Æncrages & Co, 2002
TROIS NUITS AU PALAIS FARNESE, récit, éditions Nicolas Chaudun, 2005
FICTIONS INTIMES, nouvelles sur des photographies de Laure Vasconi, Filigrane Éditions, 2006
OMBELLIFÈRES, nouvelle, Circa 1924, 2006
QUARTIER : CHRONIQUE, La Dragonne, 2007
PETITE FABRIQUE DES RÊVES ET DES RÉALITÉS, Stock, 2008
CHRONIQUE MONÉGASQUE, Gallimard, 2008